夏目漱石の実像と人脈

ゆらぎの時代を生きた漱石

伊藤 美喜雄

Itoh Mikio

花伝社

夏目漱石の実像と人脈——ゆらぎの時代を生きた漱石◆目　次

序章　現代を生きる漱石

第一章　漱石のこころのゆらぎ

第二章 漱石の真実

第三章　漱石が愛した文人や門下生

第四章　漱石と東北

終章

参考資料

序章　現代を生きる漱石

文豪・夏目漱石

日本を代表する文豪、夏目漱石。英語教師、英文学者、作家、俳人、漢詩人、社会評論家、南画家という七つの顔を持った、知の巨人である。

漱石は、一九八四（昭和五十九）年から二〇〇四（平成十六）年まで日本の紙幣千円札の肖像であった。また、一九五〇（昭和二十五）年に肖像画が文化人シリーズ八円切手に、一九九九（平成十一）年八月には名作『吾輩は猫である』や『坊っちゃん』のデザイン画が「二十世紀デザイン切手第一集」の五十円切手として採用された。この他、造語や当て字の名手であることなどでも親近感を覚える人が多くいるであろう。「肩凝《かたこ》り」、「新陳代謝《しんちんたいしゃ》」、「反射」、「無意識」、「価値」、「電力」などは漱石の造語であると言われる。これらは学術的に確認されておらず、漱石独自の造語と言えるか検証研究の必要がある。「肩がはる」を「肩が凝る」と近代日本文学で最初に使ったのは漱石であり、漱石がこの言葉を使ってはじめて、多くの日本人がこの症状を自覚するようになったと言われている。「肩凝り」と呼ばれるものは日本人特有の症状で、外国ではあまり知られていない。例えば『門』（明治四十三年）の中にはこんな場面もある。

「指で圧してみると、頸《くび》と肩の継目の少し背中へ寄った局部が、石のように凝《こ》っていた。御米《およね》は男の力一杯にそれを抑えて呉れと頼んだ。宗助の額からは汗が煮染《にじ》み出した。それでも御米の満足する程は力が出なかった」（『門』十一）

当て字も多く見られ、漱石は言葉遊びの名手でもある。当て字の代表として「単簡（簡単）」、「笑談（冗談）」、「浪漫（ロマン）」、「馬尻（バケツ）」、「沢山（たくさん）」、「桜坊（サクランボ）」などがある。しかし、『吾輩は猫である』（一）や『野分』（十二）にでてくる「三馬（秋刀魚《さんま》）」は当て字の代表格とされているが、漱石が好んでめくった『言海』にはっきりと記載がある。

漱石が英語教師であり、『坊っちゃん』の舞台である松山中学校や東京大学で教師をしていたことを知ったのは大学生の時だった。以来、作家としてだけでなく英語教師でもあった漱石の生き方や思想に強い関心を持った。漱石に感化され高校英語教師になった筆者のライフワークとして、漱石ゆかりの場所を訪れたり、著作物や参考文献から「三角関係」という視点でこころのゆらぎと人生哲学を読み解くことで、葛藤や苦悩の中で精神的に成長し、人間性の矛盾を永遠に生き続ける漱石の姿を探ってきた。本書では、夏目漱石が生まれ育ち生きた時代や人々とのかかわり、日記や書簡や評論、エッセーなどから、彼の実像に迫り、こころのゆらぎと苦悩の中で「自己本位」（自分らしさ）を獲得し、粘り強く精神的進化をとげた日本人としての姿を浮き彫りにする。

また、夏目漱石と関東以西についてはゆかりの場所や出版物が数多くあるが、東北や北海道との縁は薄いといわれている。二〇一一年に発生した東日本大震災以後さらに調べてみると、「三陸の海嘯《つなみ》」の記述や東北との縁について多く発見できた。これまでほとんど紹介されなかった東北とのかかわりも本書でまとめて具体的に披露《ひろう》する。北海道から九州まで日本各地に夏目漱石ゆかりの場所や人脈があり、広く強い影響を与えてきたことを改めて知った。漱石は広い人脈を大切にし、多くの人々を感化してきた。いわゆる「漱石山脈」は高く長く、裾野が広い山が多く、「漱石学」は深い。漱石のこころ、身体、日常生活、著作物、人間関係、東北との関わり、ゆかりの場所など、漱石に関することを本書で網羅している。

夏目漱石の日記や書簡も面白い読み物である。日常性と人間の本性が読み取れるからであろう。その日記や書簡などから日常生活や普段着の姿、人間性や考え方を知ることができ、多くの発見がある。漱石が一番好きな飲み物は何かご存じだろうか（解答は第二章に）。彼の貴重な蔵書、英文も含む日記・断片や原稿などの諸資料が彼の弟子たちによって「漱石文庫」として東北大学に残されており、東北とのかかわりが少なからずあることを知るようになった。かなり最近まで東北、特に筆者が生まれ育った山形との縁はほとんどないと思っていたが、著作物や日記、書簡、そして、参考文献などを読むと意外や意外、かなりのことを発見することができた。例えば、彼のデスマスクは誰が作ったか、ご存知だろうか。なんと山形県出身の彫刻家（第四章で詳述）が作ったのだ。そのデスマスクを一目見たいと思っていたところ、二〇〇七年九月二十六日から十一月十八日まで江戸東京博物館で特別展「文豪・夏目漱石―そのこころとまなざし―」展が開催され、ついに謁見が叶った。見て息を呑《の》んだ。死者の顔に油を塗ったあと、針金で顔のふちに型枠を作り石膏を流し込み、しばらくして石膏をはがす。漱石死去の深夜、マスクをはがす時、石膏が口ひげにくっつき、それを見ていた人達が痛がっているようだったと言うが、まさにリアルなものであった。

三角関係で苦悩する漱石

夏目漱石は自分のこころを「底なき三角形」、「二辺平行せる三角形」にたとえ、人意と人生を不測で危ういものと考えていた。

「人生は一個の理窟《りくつ》に纏《まと》め得るものにあらずして、小説は一個の理窟を暗示するに過ぎざる以上は、「サイン」「コサイン」を使用して三角形の高さを測ると一般なり、吾人《ごじん》の心中には底なき三角形あり、二辺並行せる三角形あるを奈何《いかん》せん、若《も》し人生が数学的に説明し得るならば、若し与へられたる材料よりXなる人生が発見せらるゝならば、若し人間が人間の主宰《しゅさい》たるを得るならば、若し詩人文人小説家が記載せる人生の外に人生なくんば、人生は余程《よほど》便利にして、人間は余程えらきものなり」（『人生』明治二十九年十月、第五高等学校『竜南会雑誌』所収）

漱石は作品の中で人生や芸術に関する蘊蓄《うんちく》のあるところを披露している。『草枕』（三）で「三角形」を象徴的に使用し、「四角な世界から常識と名のつく、一角を摩滅して、三角のうちに住むのを芸術家と呼んでもよかろう」と、芸術家の生き様に重ねている。『草枕』は〝The Three-Cornered World〟（タトル社、アラン・ターニー訳）というタイトルで翻訳された。「底なき、二辺平行せる三角形」のこころのゆらぎの中で苦悩・葛藤する体験を通して漱石は精神的進化をしていく。偶然の出会いと交友間関係が、精神的・人間的進化にとって重要な要素となり、大きな影響を受けている。交友関係では、後述する漱石と森鷗外（ドイツ語：尊敬・賞賛の相手）と正岡子規（俳句：鷗外作品を評価しない）との三角関係がある。

明治の作家は漢文の素養があり、森鷗外とドイツ語、二葉亭四迷とロシア語、漱石と英語というように、言語の三角関係が作品に表れている。漱石は三科兼学（国文と漢文と英文）の素《そ》地《じ》があり、この言語の三角関係（日本語、漢文、英文、具体的には俳句、漢詩、英詩）が多様なジャンルの表現を可能にし、かつ言語の厳密性も保っている。科学・工学との関係も見逃せない。池田菊苗との交流、寺田寅彦との交際によって育んだ、厳密で明晰な自然科学の世界への関心が漱石の文体や表現に色を与えている。『吾輩は猫である』の物理学者水島寒月の演説に「首くくりの力学」に関する表現があり、『三四郎』の野々宮理学士の「光線の圧力測定」では耳にしただけの実験がリアルに表現されている。

エゴとの葛藤と苦悶、理想追求と創造欲求が漱石の進化の原動力となった。漱石は、文芸および文芸家の理想を「真・善・美・荘厳」（『文芸の哲学的基礎』明治四十年）の追求と述べている。英国留学中に著作をよく読み感銘を受けた一人、ベルクソン（一八五九〜一九四一。フランスの哲学者・進化心理学者でノーベル賞受賞者。『物質と記憶』、『時間と自由』などの著書）は、人間はこころを持ち創造欲求があるとし、『創造的進化』（一九〇七年）の中で「意識する存在にとって生存するということは、変化することであり、変化するということは、経験を積むということであり、経験を積むということは、無限におのれ自身を創造していくことである」と述べている。夏目漱石は約十年間という短い間で、創作意欲に燃えて多くの作品を残した。

精神的進化をとげる夏目漱石の名言に、アイデンティティー（独自性・主体性）を持ち続け生きるための勇気をあたえてくれる言葉「自己本位」があるが、詳しくは後に説明する。英国留学中妻にあてた手紙（一九〇一（明治三十四）年九月二十六日夏目鏡子宛）の中で「人間は生きて苦しむための動物かもしれない」とも、「私は凡《すべ》ての人間を、毎日々々恥を掻《か》くために生まれてきたものだとさえ考えることもある」（『硝子戸《がらすど》の中《うち》』十二）とも述べている。苦悩することや恥をかくことはなんでもないことで、「自立心」を持ってそれを乗り越えることが重要だと漱石は教えてくれる。苦悩し恥をかくことは成長へのハードルで、それを乗り越える過程で誇りや誠実さや品性が育まれるのだ。誠実さ、根気強さに関して、日記や書簡中に次のような言葉がある。

明治三十四年三月二十一日（木）日記（《 》内は筆者ルビと注）
「自ら得意になる勿《なか》れ。自ら棄つる勿《なか》れ。黙々として牛の如《ごと》くせよ。（中略）真面目に考えよ。誠実に語れ。摯実《しじつ＝誠実。真摯。心がこもりまじめなさま》に行え。汝の現今にまく種はやがて汝の収むべき未来となって現はるべし。」

大正五年八月二十四日（木）芥川龍之介・久米正雄あて　書簡（ルビは筆者）
「牛になる事はどうしても必要です。われわれはとかく馬になりたがるが、牛にはなかなかなり切れないです。僕のやうな老獪《ろうかい》なものでも、只今牛と馬とつがつて孕《はら》める事ある相の子位な程度のものです。
あせっては不可《いけま》せん。頭を悪くしては不可《いけま》せん。根気ずくでお出なさい。世の中は根気の前に頭を下げる事を知っていますが、火花の前には一瞬の記憶しかあたえてくれません。うんうん死ぬ迄押すのです。それ丈です。決して相手を拵《こし》らへてそれを押しちゃいけません。相手はいくらでも後から後からと出て来ます。さうして吾々を悩ませます。牛は超然として押して行くのです。何を押すかと聞くなら申します。人間を押すのです。文士を押すのではありません。」

「人間いかに生きるべきか?」の命題に対する自分なりの答えを出すために、基本的欲求を満たし煩悶《はんもん》しつつも、他に迎合しない独自性と誇りと創造欲求を持って理想を追求し、根気強く逆境に耐えて努力をするのが人間の道であろう。この意味で、旅という手段を用い、自然と一体化した境地を「風流」と名づけ、俳句の世界で「不易流行《ふえきりゅうこう》」の芸術を生み出した松尾芭蕉《ばしょう》(一六四四〜一六九四、『奥の細道』などを著した江戸時代前期の俳人)と、後述する「自己本位」と「即天去私《そくてんきょし》」(自然と社会の狭間《はざま》で人生を見つめた結果得られた境地)という極致を追求・獲得した夏目漱石は共通しており、日本人として精神的進化を果たした誇るべき人物の代表といってよい。漱石は生き方の偉大な教師であり、自己啓発を実践したよいモデルでもある。

「自己本位」（自分らしさ）の獲得

漱石は大正三年の講演『私の個人主義』のなかで、人生の目標を失い精神の危機に直面した五里霧中《ごりむちゅう》の心境を次のように述べている。

「私はこの世に生まれた以上何かしなければならん、といって何をして好いか少しも見当がつかない。私はちょうど霧の中に閉じ込められた孤独の人間のように立ち竦《すく》んでしまったのです。そうしてどこからか一筋の日光が射して来ないか知らんという希望よりも、こっちから探照灯を用いてたった一条《ひとすじ》でよいから先まで明らかに見たいという気がしました。ところが不幸にしてどっちの方向を眺めてもぼんやりしているのです。（中略）あたかも嚢《ふくろ》の中に詰められて出ることのできない人のような気持ちがするのです。私は私の手にただ一本の錐《きり》さえあればどこか一ヵ所突き破って見せるのだがと、焦燥《あせ》り抜いたのですが、生憎《あいにく》その錐は人からあたえられることもなく、又自分で発見する訳にも行かず、ただ腹の底ではこの先どうなるだろうと思って、人知れず陰鬱《いんうつ》な日々を送ったのであります。」（『私の個人主義』）

この閉塞《へいそく》状況のなかで漱石は悟ったのである。

「この時私は始めて文学とは何《ど》んなものであるか、その概念を根本的に自力で作り上げるより外に、私を救う途《みち》はないのだと悟ったのです。今までは全《まった》く他人本位で根のない浮き草のようにそこいらをでたらめに漂《ただよ》っていたから、駄目であったという事に漸《よう》く気が付いたのです。私のここに他人本位というのは、自分の酒を人に飲んでもらって、後からその品評を聴いて、それを理が非でもそうだとしてしまういわゆる人真似《ひとまね》を指すのです。(中略)近頃流行《はや》るベルグソンでもオイケンでもみんな向こうの人がとやかく言うので日本人もその尻馬《しりうま》にのって騒ぐのです。ましてその頃は西洋人のいう事だといえば何《なん》でも蚊《か》でも盲従して威張ったものです。(中略)他人の悪口ではありません。こういう私が現にそれだったのです。(中略)

同じ西洋人の作物《さくぶつ》を評したのを読んだとすると、自分の腑《ふ》に落ちようが落ちまいがむやみにその評を触れ散らかすのです。つまり鵜呑《うのみ》といってもよし、また機械的の知識といってもよし、到底わが所有とも血とも肉ともいわれない、余所余所《よそよそ》しいものを我物顔《わがものかお》に喋舌《しゃべ》って歩くのです。しかるに時代が時代だから、みんながそれを賞《ほ》めるのです。けれどもいくら人に賞められたって、元々《もともと》人の借着《かりぎ》をして威張っているのだから、内心は不安です。(中略)それでもう少し浮華《ふか＝うわべは華やかで、実質の乏しいこと》を去って摯実《しじつ》につかなければ、自分の腹の中は　何時《いつ》まで経ったって安心は出来ないということに気が付きだしたのです。」（『私の個人主義』《》内はルビと補足）

こうしてたどり着いたのが「自己本位」と言う言葉である。学生時代と英国留学中の、焦《しょう》燥感《そうかん》や煩悶《はんもん》を乗り越えて、いかにして自分のライフワークを発見したかを物語る言葉だ。この「自己本位」の発見こそが漱石の人生最大の出来事であった。漱石の作品での初出は『三四郎』（七）、『門』（十七）であるが、いずれも「独善的」の意味合いで使われている。『私の個人主義』では、偏狭な自己中心主義や利己主義（エゴイズム）ではない、倫理的な社会思想としての意味で普遍的な価値が表れている。漱石の言う「個人主義」は、他人の個性も尊重し、社会で生きていくための倫理的修養を積むことである。「自己本位」が独自性を持って精神的進化を遂げる盤石《ばんじゃく》な基盤であった。そして、次のように述べている。

「私は此《この》自己本位といふ言葉を自分の手に握ってから大変強くなりました」（『私の個人主義』）

漱石は真面目で孤独な苦悩する求道者《きゅうどうしゃ》であった。時代の価値観の変化とともに、病気との闘いや常にゆらぐこころの世界で悩み抜く力を独自性を持って発揮し、友情に支えられて真面目に

「自己本位」で生き抜いた、「人間の守護神」と言っても過言ではない。漱石は自己肯定して独自性を持つことの重要性と、生きる勇気と悩み抜く力を私達に教えてくれる。

人間は悩むことで成長する。悩みは生きるために、人間的成長のために越えなければならない壁である。精神的進化には悩み抜く力が必要である。東京大学教授姜尚中《かんさんじゅん》は『悩む力』のなかで、格差が広がり、自殺者が増加の一途をたどるなか、自己肯定できず、楽観的にもなれず、精神的な進化をとげようとしない現代人に、夏目漱石とマックス・ウエーバーをヒントに、最後まで「悩み」を手放すことなく、真の強さをつかみ取る生き方を提唱している。

現代はストレスが多い社会である。少子高齢化と人口減少が加速し、就職難、雇用の不安定さやワーキングプア（低賃金で働く貧困層）の増大などで種々の社会格差が拡大している。混迷を深める国際情勢と経済不安による健康や経済的問題、年金・医療・介護問題、地震や津波をはじめとする自然災害などが原因で、日本では自殺者が十四年連続（一九九八年～二〇一一年）して年間三万人を超えた。二〇一二年は二万七千七百六十六人で下回ったものの、二十代を中心とする若年層の自殺率は高い水準で深刻である。また、うつ病などの精神疾患で休職している教員は十年前（二〇〇二年二千六百八十七人）の約二倍で、二〇〇八年度から四年連続して五千人（二〇一一年度五千二百七十四人）を超える水準が続いている。

漱石の『草枕』の冒頭には人口に膾炙《かいしゃ》した「智に働けば角《かど》が立つ。情に棹《さお》させば流される。意地《いじ》を通せば窮屈《きゅうくつ》だ。とかくに人の世は住みにくい」がある。「人の世は住みにくい」と日常生活の中で感じない者はいないし、この言葉は名言のひとつであるということに誰も異論はないであろう。人間関係が希薄で何かと生き難い現代社会を生き抜くために、鋭い知性と豊かな感性や愛がバランスよくひとりひとりに存在することを願いたい。漱石は愛とエゴイズム、知識人の孤独と不安などを多彩な主題として作品を描いた。ストレスが多く、うつ病などで心身に変調をきたす人が多い厳しい競争社会に生きる者として、高校生の時に受験のため神経性胃炎で悩んだ者として、「神経衰弱」、うつ病、胃潰瘍などを患《わずら》い、「自分の個性とは何か？」「いかに生きるべきか？」と苦悶した挙句、「自己本位」と「即天去私《そくてんきょし》」を獲得した夏目漱石の生き方に共感を覚える。夏目漱石は社会不安や政治不信が増大し、閉塞感《へいそくかん》ただよい先行き不透明な現代に時空《じくう》を超えて生き続けている。日本人の生き方のよい教師、自己啓発のよいモデルとしてアイデンティティー（独自性・主体性）と創造意欲を持って自立し、かかわりを大切にして自分らしく生きることの重要性を教えてくれる。

第一章　漱石のこころのゆらぎ

1　「漱石」の由来《ゆらい》と生涯

夏目漱石（金之助）の生涯（一八六七〜一九一六）を概観しよう。江戸最後の年、一八六七（慶応三）年に生まれた漱石は、明治の年号と同じく年齢を重ね、明治時代の終焉《しゅうえん》を見届けた後、胃潰瘍《いかいよう》の悪化により、一九一六（大正五）年十二月九日午後六時四十五分、家族をはじめ多くの友人や門下生達に看取《みと》られ、四十九年の人生の幕を閉じた。

「漱石」の名は、中国の『蒙求《もうぎゅう》』の「晋書」にある故事《こじ》に由来する。ある男が「枕石漱流《ちんせきそりゅう》」（石に枕《まくら》し、流れに漱《くちすす》ぐ）というべき所を「漱石枕流《そうせきちんりゅう》」と言い間違えていると指摘されても、流れに枕するのは耳を洗うためで、石にくちすすぐのは歯を磨くためだと言い張って、「負け惜しみの強い、変わり者、頑固者《がんこもの》の意味」になったという故事から「漱石」を取ったという。

金之助が文学の道で強い影響を受けた正岡子規自身も使ったといわれている「漱石」の号を用

いて、正岡子規詩文集『七草集』で初めて評を執筆した。自分の漢詩文集『木屑録《ぼくせつろく》』（明治二十二年）をこの号で発表している。後に「小時蒙求を読んだ時に故事を覚えて早速つけたもので、今から考えると、陳腐《ちんぷ》で俗気のあるものです」（『中学世界』一九〇八（明治四十一）年）と回想している。

青年になるまで不遇《ふぐう》な境遇で育ち、こころのゆらぎや葛藤《かっとう》を続け、生き方や「神経衰弱」、うつ病、糖尿病、胃潰瘍などで煩悶《はんもん》した生涯であった。三十八歳で書き始め、四十歳で作家となって亡くなるまでの約十年間で多くの作品を残していることは驚嘆に値する。

2　不遇《ふぐう》な幼少期

江戸牛込で、父夏目小兵衛直克（五十歳）と後妻千枝《ちゑ》（四十二歳）の間に、五男三女の末っ子として金之助は生まれた。金之助と言う名前は、暦の上で「庚申《かのえさる》」の晩に生まれた子どもは泥棒になるという迷信から、厄除《やくよ》けにつけた「金」の字に由来するとのことである。

漱石は不遇な生い立ちを次のように告白している。

「私は両親の晩年になってできたいわゆる末《すえ》っ子《こ》である。私を生んだ時、母はこんな年歯《とし》をして懐妊《かいにん》するのは面目《めんぼく》ないと云《い》ったとかいう話が、今でも折々は繰《く》り返されている。

単にそのためばかりでもあるまいが、私の両親は私が生まれ落ちると間もなく、私を里にやってしまった。その里というのは、無論私の記憶に残っているはずがないけれども、成人の後聞《のち》いて見ると、何でも古道具の売買を渡世《とせい》にしていた貧しい夫婦ものであったらしい。

私はその道具屋の我楽多《がらくた》といっしょに、小さい笊《ざる》の中に入れられて、毎晩四谷《よつや》の大通りの夜店に曝《さら》されていたのである。それをある晩私の姉が何かのついでにそこを通りかかった時見つけて、可哀想《かわいそう》とでも思ったのだろう、懐《ふところ》へ入れて宅《うち》へ連れて来たが、私はその夜どうしても寝つかずに、とうとう一晩中泣き続けに泣いたとかいうので、姉は大《おお》いに父から叱《しか》られたそうである。」(『硝子戸《がらすど》の中《うち》』二十九)

両親は高齢での子どもの誕生を喜ばなかったようだ。生後まもなく古道具屋(一説には八百屋)の夫婦に里子《さとご》に出され、その道具屋のがらくたと一緒に金之助は小さい笊《ざる》の中に入れられていたという。ある晩、異母姉(優しい二番目の姉、房)がそこを偶然通りかかって不憫《ふびん》に思い、彼を抱いて家に帰ってきたが、その晩、床慣《とこな》れせず泣き続けたため、父親は不機嫌であった。その後、幼くして塩原昌之助とやす夫婦の養子(一~九歳)として出され、三歳頃に罹《かか》った疱瘡《ほうそう》・天然痘《てんねんとう》により傷あとは目立つほどに残ることとなった。養父母は夜寒《よさむ》の宵《よい》などによく残酷な質問をした。「どこ生まれ?親は誰?」の質問に、金之助は不安やおびえを感じたことだろう。一九一五（大正四）年、漱石が四十八歳の時、自伝的な小説『道草』の中で次のようにふり返っている。


「御前の御父《おとつ》ッさんは誰だい」

健三は島田の方を向いて彼を指《ゆびさ》した。

「じゃ御前の御母《おっか》さんは」

健三はまたお常の顔をみて彼女を指した。

是《これ》で自分達の要求を一応満足させると、今度は同じような事を外《ほか》の形で訊《き》いた。

「じゃ御前の本当の御父さんと御母さんは」

健三は厭々《いやいや》ながら同じ答えを繰返すより外《ほか》に仕方がなかった。然しそれが何故だか彼等を喜ばした。彼等は顔を見合わせて笑った。（『道草』四十一）

虚構としての小説であるから、島田が養父で、お常が養母で、健三が金之助と断定はできないが、彼らの残酷な質問と態度は大きなトラウマ（心理的外傷）となったことは事実のように思われる。金之助が九歳の時、養父母の仲が悪くなり、養父母が離婚したため塩原姓のまま生家夏目家に戻った。その頃をふり返った『硝子戸《がらすど》の中《うち》』（一九一五年）の中で、養子として出されていた経緯の記述がある。本当の両親を爺婆《じじばば》と思い込んでいたらしい。一人座敷で寝ていると親切で優しい下女が暗いところで次のように話してくれたことを回想している。

「あなたが御爺《おじい》さん御婆《おばあ》さんだと思っていらっしゃる方は、本当はあなたの御父《おとっ》さんと御母《おっか》さんなのですよ。先刻《さっき》ね、おおかたそのせいであんなにこっちの宅《うち》が好なんだろう、妙なものだな、と云って二人で話していらしったのを私が聞いたから、そっとあなたに教えて上げるんですよ。誰にも話しちゃいけませんよ。よござんすか」(『硝子戸の中』二十九)

この出来事を大変嬉しく思った金之助ではあるが、冷淡な父と母の愛、不安と安堵《あんど》の間でこころはゆらいだ。同じ『硝子戸の中』で生母に関して感動的な挿話《そうわ》を語っている。

「母の名は千枝《ちえ》といった。私は今でもこの千枝という言葉を懐《なつ》かしいものの一つに数えている。だから私にはそれがただ私の母だけの名前で、けっしてほかの女の名前であってはならないような気がする。幸いに私はまだ母以外の千枝という女に出会った事がない。」(『硝子戸の中』三十七)

金之助が十五歳の時、実母千枝は他界《たかい》(享年《きょうねん》五十三)する。生母とともに過ごした五年間がなかったら、彼は終生こころの柔らかさと温かさを持たなかったであろう。彼の文学を特徴づけているやさしさや柔らかさは、例えば、『坊っちゃん』の忠実なばあや、お清《きよ》に反映されている。

こうした複雑な家庭状況のなか、浅草の戸田学校、市ヶ谷の市谷学校を経て、神田の錦華小学校に転校していた金之助だったが、錦華小学校への転校理由は東京府第一中学への入学が目的であったともされている。十二歳の時、東京府第一中学正則科（のちの府立一中、現在の日比谷高校）に入学した。

3　漢文学か英文学か？

夏目漱石は学生時代の房総紀行『木屑録《ぼっせつろく》』の序で、「余児たりし時唐宋の数千言を誦《しょう》し喜んで文章を作為す」（原文は漢文「余児時、誦唐宋数千言、喜作為文章」）と幼少時代に漢学に親しんでいたことを述べている。

また、『文学論』の序で次のように述べている。

「余は小時好んで漢籍《かんせき》を学びたり。之を学ぶ事短かきにも関わらず、文学は斯《か》くの如き者なりとの定義を漠然《ばくぜん》と冥々裡《めいめいのうち》に左国史漢より得たり。」（『文学論』序）

「左国史漢」とは、「左」＝『春秋左氏伝』、「国」＝『国語』、「史」＝『史記』、「漢」＝『漢書』で、代表的な中国の歴史書に他ならない。「文学」とは異なる国家の盛衰《せいすい》と戦争の歴史、それに関与した指導者達の教訓や国家の経営方法、戦略をめぐる言説《げんせつ》がその内容である。

幼年時代、床《とこ》の間の前や蔵のなかで見た南画の山水《さんすい》の懸物《かけもの》の美に目を引かれた。南画に関して次のように記している。

「小供のとき家に五、六十幅の画《え》があった。ある時は床の間の前で、ある時は蔵の中で、またある時は虫干《むしぼし》の折に、余は交《かわ》る交るそれを見た。そうして懸物《かけもの》の前に独《ひと》り蹲踞《うずく》まって、黙然《もくねん》と時を過すのを楽《たのしみ》とした。今でも玩具箱を引繰《ひっく》り返したように色彩の乱調な芝居を見るよりも、自分の気に入った画に対している方が遥《はる》かに心持が好《よ》い。画のうちでは彩色を使った南画が一番面白かった。」（『思い出す事など』二十四）

漢籍《かんせき》や南画に大いに興味を持ち、十五歳で漢文学を教える二松学舎に入学した。しかし、長兄の大助から習ったりしていた英語学習を好まなかった金之助が十六歳の時、英語は時代の要請であるとする三番目の兄和三郎の忠告にこころがゆらぎ、明治十六年に英語を学ぶべく英語学校成立学舎に転校している。漱石の談話「一貫したる不勉強―私の経過した学生時代」（『中学時代』明治四十二年一月一日）によると、漱石は新渡戸稲造《にとべいなぞう》（一八六二～一九三三、岩手県盛岡生まれ、農学者・教育家、著書 Bushido: The Soul of Japan（『武士道』）と成立学舎で机をならべて学んだという。

翌年明治十七年九月に漱石は大学予備門予科に入学した。封建社会から資本主義社会への移行をめざす時代に自分の席を獲得するためには大学予備門に入学することが絶対条件であった。時代に生きる運命を甘受《かんじゅ》し、自己矛盾を解決するため、漢文学から英文学に移行する決意をしたのである。


「ひそかに思ふに英文学もまたかくの（漢文学の）如《ごと》きものなるべし、かくの如きものならば生涯を挙げて之を学ぶも、あながちに悔《く》ゆることなかるべしと。」（『文学論』序・（）内は筆者注）

文学の道を歩んでいく上で大きな影響を受けた人物との出会いがこの頃あった。正岡子規である。漱石と同じ年の一八六七（慶応三）年四国松山生まれで、大学予備門で漱石と同級生となった。はじめは同じ学校の顔見知り程度にすぎなかったが、一八八九（明治二十二）年頃から「寄席《よせ》通《かよ》い」という共通の趣味を持っていたので親交を深めた。その後、お互いに書き、批評しあったそれぞれの詩文集の創作によって距離を縮めていった。

このころから厭世《えんせい》主義、「神経衰弱」やうつ病に陥《おちい》り始めたともいわれる。先立つ一八八七

（明治二十）年の三月に長兄・大助と死別。同年六月に次兄・栄之助と死別。さらに直後の一八九一（明治二十四）年には三兄・和三郎の妻の登世《とせ》と死別するなど次々に近親者を亡くした事も影響している。

4　建築家か文学者か？

父夏目直克と養父塩原昌之助との間で漱石の夏目家への復籍《ふくせき》が明治二十一年に承認された。漱石は二十一歳になる直前に、塩原姓から夏目家へ復籍することとなり、残酷にも青年に達するまで、「塩原」と「夏目」という二つの家、二つの姓、二人の父との間で煩悶した。

二十一歳にして再び夏目の姓を名乗ることになった漱石は、進むべき道を模索しながら学生生活を送っていた。一度建築家を志し、二十歳の時に建築家で生きるか文学で生きるかこころがゆらいでいた。その時、学生時代の畏友《いゆう》米山保三郎《よねやまやすさぶろう》（天然居士《こじ》）との出会いがあった。米山は金沢生まれで明治十八年に大学予備門に入学し、翌年、留年した漱石と予科二年の同級生となった。学内でも才人として知られた人物である。米山は、文学の可能性を漱石に説いた。

「丁度《ちょうど》それは高等学校時分の事で、親友に米山保三郎《よねやまやすさぶろう》という人があって、この人は夭折《ようせつ》しましたが、この人が私に説諭《せつゆ》しました。セント・ポールズのような家は我国にはやらない。下らない家を建てるより文学者になれといいました。当人が文学者になれといったのはよほどの自信があったからでしょう。私はそれで建築家になる事をふっつり思い止《とど》まりました。私の考《かんがえ》は金をとって、門前市をなして、頑固で、変人で、というのでしたけれども、米山は私よりは大変えらいような気がした。二人くらべると私が如何《いか》にも小《ちっ》ぽけなように思われたので、今までの考をやめてしまったのです。そして文学者になりました。」
（『無題』）

彼の助言で工科から文科に進路を変え、文学の道を選んだ。文学に比べ英語にあまり興味がなかった漱石は明言はしていないが、西洋化という時代の波に乗って英語習得が世に出る重要な条件となる意識があったのか、国文学や漢文学ではなく、英文科に入ることを決めたのである。建築家志望は決して気まぐれではなく、森田草平など周囲の者にしばしば話している。また、夫人の夏目鏡子の回想『漱石の思い出』にも同じ事実が記載されている。

英文学専攻を決意したのは明治二十一年に大学予備門が学制改革で改称された第一高等中学校本科に入学した時であった。

5　英語教師か文学者か？

親交を深めた漱石と正岡子規の二人は、一八九〇（明治二十三）年にそろって第一高等中学校を卒業した。正岡子規は東京帝国大学哲学科（後に国文科に転科）に入学、漱石は東京帝国大学文科大学英文科に入学した。英文学の勉強に励み、文部省貸費生（年額八十五円支給）となり、翌年には特待生として授業料を免除された。J・W・ディクソン教授の依頼で『方丈記』の英訳をするなど、学業成績は抜群だったと思われる。二十四歳の時、帝国大学の英文学専修科に進学。一八九二（明治二十五）年、貸費生であったこともあり、兵役逃《へいえき》れのために分家し、北海道（北海道岩内郡岩内町）に籍を移している。二十六歳の一八九三（明治二十六）年七月に東京帝国大学文科大学英文科を卒業した漱石はそのまま大学院に進んだ。そして、当時勤務していた東京専門学校（現・早稲田大学）に加え、東京高等師範教授嘱託《しょくたく》に就いた。この頃いくら勉強しても英文学のことも文学のこともつかめないという不安に押しつぶされそうになったり、さらに、東京専門学校の生徒からの評判がよくないという話を正岡子規から聞かされたりして教師としての自信もゆらいでいた。

不安と焦燥《しょうそう》感に駆《か》られた漱石は、一八九四（明治二十七）年二十七歳の時、東京高等師範学校教授となったが、十二月に「神経衰弱」が高じた。高等師範は最後までなじめなかった学校のようである。

「然し教育者として偉くなり得るやうな資格は私に最初から欠けてゐたのですから、私はどうも窮屈で恐れ入りました。嘉納さんも貴方はあまり正直過ぎて困ると云つた位ですから、或いはもっと横着を極《きわ》めてゐても宜しかったかも知れません。然《しか》し何《ど》うあつても私には不向きな所だとしか思はれませんでした。」（『私の個人主義』）

「神経衰弱」を克服しようとして、友人で教員の菅虎雄《すがとらお》の紹介で鎌倉円覚寺塔頭帰源院を訪ね、釈宗演《しゃくそうえん》のもとで参禅した。この帰源院での体験は後に『夢十夜』や『門』に取り上げられている。その後、英字新聞『ジャパン・メール』の記者を志願するが実現せず、菅虎雄が持ってきた愛媛県尋常中学校（松山中学校）の職を受けることにした。二十八歳の漱石は四月に単身東京から四国松山目指し旅立つのである。松山行きの動機は、校長の月給六十円よりも上の月給八十円という破格の待遇が用意されていたからとか、洋行の費用を作ろうとしたからとか、失恋したから、など諸説があるが、当時の東京と松山との旅行時間が多くかかった上、友人や家族の引き留めにも一切応じなかったことから固い決心があったと想像される。

松山中学校での漱石は明快な教えぶりで生徒の信頼を得た一方、寡黙《かもく》で超然とした態度でいつも俳句の書物を手にしていたという。松山での教師体験は小説『坊っちゃん』の題材となった。同年八月、新聞『日本』の記者として日清戦争に従軍していた正岡子規が故郷松山に帰ってきた。帰国途中に喀血《かっけつ》し神戸で療養した後の帰省であった。漱石が借りていたいわゆる「愚陀仏庵《ぐだぶつあん》」に共に住むこととなり、子規が会員とたびたび句会を開き、その仲間と交わるうち、漱石も次第に句作に熱中するようになった。

漱石が二十八歳の時に書いた『愚見数則』（明治二十八年）の中で「余は教育者に適せず」と述べ、教育の世界から逃れようとし、英語教師より文学にこころがゆらいでいた。

6 「英語学」研究か「英文学」研究か？

一八九六（明治二十九）年六月九日、二十九歳の夏目漱石と、当時貴族院書記官中根重一の長女鏡子（戸籍上キヨ、十九歳）との結婚式が熊本の漱石の借家で執《と》り行われた。すでに四月から漱石は菅虎雄の口利きで、熊本第五高講師となっていた。新婚早々、漱石は妻鏡子に「俺は学者で勉強しなければならないのだから、おまえなんかにかまってはいられない。それは承知していてもらいたい」（『漱石の思い出』）と宣言した。三十歳で漱石は第五高教授（月給百円）を務めた。講義のかたわら俳句や漢詩作りに励み、この頃、『ホトトギス』が創刊（明治三十年）、漱石も寄稿し、文学にこころが傾いていった。

一九〇〇（明治三十三）年、現職のまま文部省の給費留学生として、二年間の英国留学を命じられた。はじめ漱石は、留学の目的が英文学研究ではなく英語学研究（英語語法研究や英語教授法研究）であることに不満を抱いた。

「余の命令せられたる研究の題目は英語にして英文学にあらず。余はこの点についてその範囲及び細目を知るの必要ありしを以って時の専門学務局長上田万年《かずとし》氏を文部省に訪《おとの》ふて委細を質《ただ》したり。上田氏の答へには、別段窮屈《きゅうくつ》なる束縛《そくばく》を置くの必要を認めず、ただ帰朝後高等学校もしくは大学にて教授すべき科目を専修せられたき希望なりとありたり。ここにおいて命令せられたる題目に英語とあるは、多少自家の意見にて変更し得るの余地ある事を認め得たり。かくして余は同年九月西征の途に上《のぼ》り、十一月目的地に着せり。」（『文学論』序　ルビは筆者）

明治政府は近代化政策推進の一環でいわゆる「お雇《やと》い外国人」を多く採用した。しかし、明治三十年代あたりから、外国人教師に支払う給与が高額であったことなどで、自前の教育を行おうという意向が強まっていた。従って、文部省が漱石に求めたものは、英語の能力を磨き、効率的な英語教授法を身に付けることに他ならなかった。漱石は本来一つのものをあえて二極に分裂させ、自明なものとして存在していた同一性を引き裂くように懐疑《かいぎ》する思考方法をとった。文部省の意図は知りながらも、「英語学」と「英文学」を分裂させてとらえ、「英文学」を研究するという自らの課題を優先し、漱石は英国留学をすることにしたのだ。留学費は年百八十円、留守宅には年額三百円の休職給が支給された。

7　二年間の英国留学生活が不愉快とは？

一九〇〇（明治三十三）年十月二十八日から一九〇三（明治三十五）年十二月までの二年間にわたるロンドンでの生活を、漱石は「尤《もっと》も不愉快の二年なり」（『文学論』序）と次のようにふり返っている。

「倫敦《ロンドン》に住み暮らしたる二年は尤も不愉快の二年なり。余は英国紳士の間にあつて狼群《おおかみぐん》に伍《ご》する一匹のむく犬の如く、あはれなる生活を営みたり。（中略）

英国人は余を目して神経衰弱と云《い》へり。ある日本人は書を本国に致して余を狂気なりと云へる由。（中略）

帰朝後の余も依然として神経衰弱にして兼狂人のよしなり。親戚のものすら、之を是認するに似たり。親戚のものすら、之を是認する以上は本人たる余の弁解を費やす余地なきを知る。たゞ神経衰弱にして狂人なるが為め、「猫」を草し「漾虚集」を出し、又「鶉籠《うずらかご》」を公《おおや》けにするを得たりと思へば、余は此神経衰弱と狂気に対して深く感謝の意を表するの

は至当なるを信ず。」（『文学論』序　ルビは筆者）

英国での生活は苦しかった。最初の文部省への申報書（報告書）に「物価高真ニ生活困難ナリ十五磅《ポンド》ノ留学費ニテハ窮乏ヲ感ズ」と記し、官給の学費には問題があることを訴えた。それでも漱石はメレディスやディケンズをよく読みあさった。『永日小品』にもでてくるシェークスピア研究家のウイリアム・クレイグの個人教授を受けたり、本を買いあさったり、『文学論』の研究に勤《いそ》しんだ。しかし、お金がない不安や英文学研究への違和感がぶりかえし、「神経衰弱」に陥《おちい》りはじめた。また、東洋人であることで謂われ無き人種差別を受けて傷心し、研究が進まないいらだちも重なったのか、何度も下宿を替えている。ロンドンでの下宿は次の五か所である。①ガワー・ストリート76（明治三十三年十月～十一月）、②ブライオリイ・ロード85、ウエスト・ハムステッド（〃十一月～十二月）、③フロッドン・ロード6、カンバーウエル（〃十二月～明治三十四年四月）、④ステラ・ロード4、ツーティング・グラバニー（明治三十四年四月～七月）、⑤ザ・チェイス、クラパム・コモン（〃七月～明治三十五年十二月）

一九八四（昭和五十九）年、漱石最後の下宿の向かい側に恒松郁生《つねまついくお》によってロンドン漱石記念館が設立された。漱石の下宿、出会った人びと、読んだ書籍などの資料を展示している。二〇一〇（平成二十二）年八月十八日には漱石渡英百十周年を記念して胸像を設置し、その除幕式が行われた。胸像は繊維強化プラスチック製で高さ約七十センチとほぼ実寸大。コートの下にネクタイと丸襟《まるえり》のシャツを粋《いき》にきめていて、窓越しに下宿を眺めつつ、隣に置かれたシェークスピア像と対話しているかのようだという。

一九〇一（明治三十四）年、化学者の池田菊苗《きくなえ》（東大教授・「味の素」創製者）との出会いから文学を心理学、進化論など多方面から捉えようと試みるようになった。池田と二ヶ月間同居することで新たな刺激を受け、その後下宿に独りこもり研究に没頭しはじめる。その結果、今まで付き合いのあった留学生との交流も疎遠になったため、「夏目、精神を病む」という噂《うわさ》が流れた。これが文部省に伝わり、急に帰国が命じられた。文部省に「夏目狂せり」と電報を発信したとされるのは日本の英語学者、岡倉由三郎《よしざぶろう》（慶応四年二月二十二日・一八六八年三月十五日〜一九三六（昭和十一）年十月三十一日）であった。兄は美術指導者の岡倉天心で、演出家として活躍した岡倉士朗は三男である。岡倉は主著『英語教育』（博文館）の中で「英語は実用を目的とする」と明言している。彼の言う実用とは「読解力の養成」をさす「読解至上主義」で、「受験英語」の隆盛をもたらした一方、東京高等師範学校教授退職後、ラジオ英語講座という新しい英語教育の先駆者ともなった。岡倉は一歳年上の漱石の友人であり、帝国大学（後の東京帝国大学）で同じ師、ディクソンから学び、同時期に英国留学をしている。ロンドンではお互い下宿を行き来していた。

漱石は一九〇三（明治三十六）年一月に日本に帰国。漱石が留学中、前年一九〇二（明治三十五）年九月十九日に正岡子規が亡くなっている。ボーア戦争（一九〇〇年）、十九世紀大英帝国の繁栄を象徴し続けたビクトリア女王の死（一九〇一年）、日英同盟（一九〇二年）、日露戦争（一九〇四年）などの戦争の影響や、世相（時代、世紀）の転換、そして英国文化の底の深さ（社会進化論との平衡《へいこう》と融合）、東西文明と文化との相克《そうこく》、人種的偏見、などいろいろなことを目の当たりにした留学生活であった。住所が変わったり、筆《ふで》ぶしょうである妻の鏡子夫人からの手紙の返事がなかなか来なかったこともあり、孤独感と「神経衰弱」に悩まされ、不愉快な二年間であった。しかし、この英国留学の体験が漱石を飛躍・進化させ、彼の作品に幅と深みを与えている。

8　英文学者か作家か？

帰国後、三十六歳になっていた漱石は熊本へは戻らず、第一高等学校と東京帝国大学から講師として招かれる。東京帝国大学では小泉八雲（ラフカディオ・ハーン）の後任（月給百五十円）として教鞭《きょうべん》を執《と》ったが、学生による八雲留任運動が起こり、漱石の分析的な硬い講義は不評であった。また、当時一高の学生に藤村操《ふじむらみさお》（北海道出身）がおり、やる気のなさを漱石に叱責《しっせき》された数日後、華厳《けごん》の滝に入水《じゅすい》自殺した。漱石は強度の「神経衰弱」に陥り、妻とも約二ヶ月間別居する。

一九〇四（明治三十七）年には明治大学の講師も務めた。その年の暮れ、高浜虚子《たかはまきょし》（一八七四～一九五九、愛媛県生まれ、俳人・小説家）のすすめで「神経衰弱」を和らげるため処女作『吾輩は猫である』を執筆。初めて子規門下の会「山会」で発表され、好評を博した。

一九〇五（明治三十八）年一月、『吾輩は猫である』が『ホトトギス』に一回の読み切りとして掲載されたが、好評のため続編を執筆する。この時から、作家として生きていくことを熱望し始め、その後『倫敦塔《ロンドンとう》』、『坊っちゃん』、『草枕』とたて続けに作品を発表し、人気作家としての地位を固めていく。漱石の作品は世俗を忘れ、人生をゆったりと眺《なが》めようとする「低徊《ていかい》趣味」（漱石の造語）的要素が強く、当時の主流であった自然主義とは対立する「余裕派」と呼ばれた。

一九〇六（明治三十九）年、漱石の家には小宮豊隆《とよたか》や鈴木三重吉《みえきち》、森田草平《そうへい》、松根東洋城《まつねとうようじょう》などが出入りしていたが、鈴木三重吉が毎週の面会日を木曜日と定めた。これが後の「木曜会」の起こりである。その門下には、内田百閒《ひゃっけん》、野上弥生子、さらに後の新思潮派につながる芥川龍之介や久米正雄といった小説家のほか、寺田寅彦、阿部次郎、安倍能成《よししげ》などの学者がいる。「木曜会」に馳《は》せ参じた文士たちが漱石門下とされ、後に英文学者で評論家の本多顕彰《ほんだあきら》（一八九八～一九七八）によって「漱石山脈」と命名されている。

9　英文学との決別と朝日新聞社入社

「吠《ほ》える犬」（東大教授会の権威主義を象徴している）のせいにするも、大学での講義を不愉快に思い、かつ、子供が多く家賃が高くて収入が少なく暮らせないと漱石は考え「神経衰弱」に陥った。一方、執筆することが生きがいだと考えるようになった。

「大学で講義をするときは、いつでも犬が吠えて不愉快であった。余の講義のまずかったのも半分は此《この》犬の為《た》めである。学力が足らないからだ抔《など》とは決して思わない。学生には御気の毒であるが、全く犬の所為《せい》だから、不平は其方《そちら》へ持って行って頂きたい。（中略）大学では講師として年俸八百円を頂戴《ちょうだい》していた。子供が多くて、家賃が高くて八百円では到底《とうてい》暮せない。仕方がないから他に二三軒の学校を馳《かけ》あるいて、漸《ようや》く其日を送って居た。いかな漱石もこう奔命《ほんめい》につかれては神経衰弱になる。其上多少の述作はやらなければならない。酔興《すいきょう》に述作をするからだと云うなら云わせて置くが、近来の漱石は何か書かないと生きている気がしないのである。夫丈《それだ》けではない。教える為め、又は修養の為め書物も読まなければ世間へ対して面目がない。漱石は以上の事情によって神経衰弱に陥《おちい》ったのである。」（『入社の辞』）

『吾輩は猫である』や『草枕』で文芸界に颯爽《さっそう》と登場した夏目漱石に「国民」、「報知」、「読売」各新聞社から争って執筆依頼が舞い込んだ。とりわけ文芸新聞として定評のある読売新聞は熱心だった。一九〇六（明治三十九）年十一月に月給六十円の条件で専属作家の申し出があった。当時漱石は東京帝国大学から年八百円、一高から七百円、さらに明治大学でも講義し、年に二千円程度の収入があった。読売新聞の申し出にこころがゆらいだが熟考の上、報酬《ほうしゅう》が少ないことと地位が不安定なことを理由に漱石は正式に申し出を断った。

一九〇六（明治三十九）年、京都帝国大学初代学長に就任した狩野亨吉《かのうこうきち》が英文科教授に招聘を申し入れ、明治四十年三月には東京帝国大学教授に推薦の話もあった。同年、一九〇七（明治四十）年二月に朝日新聞社の池辺三山から入社の話がもち上がる。社会的地位の低い新聞社への就職には覚悟が必要だったが三月、漱石は東京帝国大学と第一高等学校に辞表を提出した。そして、月末から四月にかけて京都・大阪を旅行する。

若葉して又新たなる心かな（明治四十年）

この俳句の通り心機一転、一切の教職を辞し、朝日新聞社に五月に入社したのである。専属作家（破格の待遇・月給二百円・賞与年二回、年俸約二千四百円）となり、本格的に職業作家としての道を歩み始めた。朝日新聞「入社の辞」では、次のように語っている。

「大学では四年間講義をした。特別の恩命《おんめい》を以《もっ》て洋行を仰《おおせ》つけられた二年の倍を義務年限とすると此四月で丁度年期《ちょうどねんき》はあける訳になる。年期はあけても食えなければ、いつ迄《まで》も噛《かじ》り付き、獅噛《しが》みつき、死んでも離れない積《つもり》でもあった。所へ突然朝日新聞から入社せぬかと云う相談を受けた。担任の仕事はと聞くと只《ただ》文芸に関する作物を適宜《てきぎ》の量に適宜の時に供給すればよいとの事である。文芸上の述作を生命とする余にとって是程難有《これほどありがた》い事はない、是程心持ちのよい待遇はない、是程名誉な職業はない、成功するか、しないか抔《など》と考えて居られるものじゃない。博士や教授や勅任官抔《など》の事を念頭にかけて、うんうん、きゅうきゅう云っていられるものじゃない。（中略）

人生意気に感ずとか何とか云う。変り物の余を変り物に適する様な境遇に置いてくれた朝日新聞の為めに、変り物として出来得る限りを尽すは余の嬉《うれ》しき義務である。」（『入社の辞』一九〇七（明治四十）年五月三日）

同年六月、職業作家としての初めての作品『虞美人草』の連載を開始。執筆途中に、「神経衰弱」やうつ病や胃病に苦しめられた。一九〇九（明治四十二）年、親友だった満鉄総裁・中村是公《よしこと》の招きで満州・朝鮮を旅行する。この旅行の記録は『朝日新聞』に「満韓ところどころ」として連載された。その年に英文学との決別（『文学評論』一九〇九年）をする。その後、明治四十三年、四十三歳の時胃潰瘍《いかいよう》で入院する。大吐血し、一時危篤《きとく》（「修善寺の大患《たいかん》」）となった。

修善寺に駆けつけた鏡子夫人の献身的な看病もあり回復に向かい、二ヵ月後に帰郷しそのまま長与病院に入院。病院から夫人にあてた漱石の手紙がある。主治医への礼が遅れていることを叱り、友人に借りた本を早く返すよう指図《さしず》したり、収入が少ないことなどでいらいらする様子が表れている。

明治四十三年十月三十一日（月）　鏡子夫人あて　書簡

（前半部略）

世の中は煩《わずら》わしい事ばかりである。ちょっと首を出してもすぐまた首をちぢめたくなる。おれは金がないから病気が癒《なお》りさえすれば厭《いや》でも応でも煩わしい中にこせついて神経を傷めたり胃を傷めたりしなければならない。しばらく休息の出来るのは病気中である。その病気中にいらいらするほどいやな事はない。おれに取ってありがたい大切な病気だ。どうか楽にさせてくれ。穴賢《あなかしこ》。

十月三十一日　　金之助

鏡子　殿

10　理想と現実の狭間《はざま》で作家生活

作家としての生活は理想とはかけ離れたもので、家賃三十五円の汚い借家住まいの貧しいものであった。作家としてスタートした頃の少ない収入と借家住まいの様子を知ることができる文章を少々長くなるが引用しよう。

「巨万の富を蓄えたなら、第一こんな穢《きやな》い家に入って居はしない。土地家屋などはどんな手続きで買うものか、それさえ知らない。此家だって自分の家では無い。借家である。月々家賃を払って居るのである。世間の噂《うわさ》と云うものは無責任なものだと思う。

先《ま》ず私の収入から考えて貰《もら》いたい。私にどうして巨万の富の出来よう筈《はず》があるか——と云うと、ではあなたの収入は？と訊《き》かれるかも知れぬが、定収入といっては朝日新聞から貰って居る月給である。月給がいくらか、それは私から云って良いものやら悪いものやら、私にはわからぬ。聞きたければ社の方で聞いて貰いたい。それからあとの収入は著書だ。著書は十五六種あるが、皆印税になって居る。すると又印税は何割だと云うだろうが、私のは外《ほか》の人のより少し高いのだそうだ。これを云って了《しま》っては本屋が困るかも知れぬ。一番売れたのは『吾輩は猫である』で、従来の菊判の本の外《ほか》に此頃縮刷したのが出来て居る。

此の両方合せて三十五版、部数は初版が二千部で二版以下は大抵千部である。尤《もっと》も此三十五版と云うのは上巻で、中巻や下巻は持って版数が少《すく》ない。幾割の印税を取った処《ところ》が、著書で金を儲《もう》けて行くと云う事は知れたものである。（中略）

此家は七間ばかりあるが、私は二間使って居るし、子供が六人もあるから狭い。家賃は三十五円である。家主は外《ほか》との釣合があるから四十円だと云って呉《く》れと云って居るが、別に嘘《うそ》を云う事もないと思って、人には正直に三十五円だと云って居る。家主が怒るかも知れぬ。（中略）

私はもっと明るい家が好きだ。もっと奇麗《きれい》な家にも住みたい。私の書斎の壁は落ちてるし、天井《てんじょう》は雨洩《あまも》りのシミがあって、随分穢《きたな》いが、別に天井を見て行って呉《く》れる人もないから、此儘《このまま》にして置く。何しろ畳の無い板敷である。板の間から風が吹き込んで冬などは堪《たま》らぬ。光線の工合《ぐあい》も悪い。此上に坐《すわ》って読んだり書いたりするのは辛《つら》いが、気にし出すと切りが無いから、関《かま》わずに置く。此間《こないだ》或る人が来て、天井を張る紙を上げましょうと云って呉れたが、御免《ごめん》を蒙《こうむ》った。別に私がこんな家が好きで、こんな暗い、穢《きたな》い家に住んで居るのではない。余儀なくされて居るまでである。」（『文士の生活』）

漱石は『文芸の哲学的基礎』（明治四十年四月東京美術学校の講演で述べた）の中で、人間の理想を「知・情・意」の三つが備わっていることとし、「真・善・美・荘厳《そうごん》」の四つに対する理想を追求することが文芸および文芸家、さらには一般人間の理想であると語っている。作家としての理想を、作品を自費出版し、多くの人に頒布《はんぷ》し読んでもらうこととして、借家ではなく自分の持ち家に住みたいという美学を持っていた。しかし、漱石は実に十三回も転居し、最期《さいご》まで借家住まいであった。作家生活をスタートした頃、漱石は理想と現実の狭間《はざま》で抱く普通人の「こころのゆらぎ」のなかで生活していた。次はそれを物語る文章である。

「一体書物を書いて売るという事は、私は出来るならしたくないと思う。売るとなると、多少慾《よく》が出て来て、評判を良くしたいとか、人気を取りたいとか云う考えが知らず知らずに出て来る。品性が、それから書物の品位が、幾らか卑《いや》しくなり勝ちである。理想的に云えば、自費で出版して、同好者に只《ただ》で頒《わか》つと一番良いのだが、私は貧乏だからそれが出来ぬ。

衣食住に対する執着は、私だって無い事はない。いい着物を着て、美味《うま》い物を食べて、立派な家に住み度《た》いと思わぬ事は無いが、只《ただ》それが出来ぬから、こんな処で甘んじて居る。（中略）

家に対する趣味は人並に持って居る。此の間も麻布《あざぶ》へ骨董屋《こっとうや》をひやかしに出掛《でか》けた帰りに、人の家をひやかして来た。一寸《ちょっと》眼に附く家を軒毎《のきごと》に覗《のぞ》き込んで一々点数を附けて見た。私は家を建てる事が一生の目的でも何でも無いが、やがて金でも出来るなら、家を作って見たいと思って居る。併《しか》し近い将来に出来そうも無いから、如何《どう》云う家を作るか、別に設計をして見た事はない。」（『文士の生活』）

作家としての日常生活をうかがい知ることができる文章がある。朝七時過ぎ起床、昼寝もして夜十一時就寝という規則正しい生活習慣を守っていた。執筆は気の向いた時に一日に三四時間程度であった。執筆の様子、執筆の用具を次のように記している。

「朝は七時過ぎ起床。夜は十一時前後に寝るのが普通である。昼食後一時間位、転寝《うたたね》をする事があるが、これをすると頭の工合《ぐあい》の大変よいように思う。出不精《でぶしょう》の方で余り出掛けぬが、時々散歩はする。俗用で外出を已《や》むなくされる事も、偶《たま》には無いではない。人を訪問に出る事はあるが、年始とか盆とかの廻礼などは絶対にしない。又する必要はないと考えて居る。

執筆する時間は別にきまりが無い。朝の事もあるし、午後や晩の事もある。新聞の小説は毎日一回ずつ書く。書き溜《た》めて置くと、どうもよく出来ぬ。矢張《やはり》一日一回で筆を止めて、後は明日まで頭を休めて置いた方が、よく出来そうに思う。一気呵成《いっきかせい》と云うような書方はしない。一回書くのに大抵三四時間もかかる。然し時に依ると、朝から夜までかかって、それでも一回の出来上らぬ事もある。時間が十分にあると思うと、矢張長時間かかる。午前中きり時間が無いと思ってかかる時には、又其の切り詰めた時間で出来る。障子《しょうじ》に日影の射した処で書くのが一番いいが、此家ではそんな事が出来ぬから、時に日の当る縁側《えんがわ》に机を持ち出して、頭から日光を浴びながら筆を取る事もある。余り暑くなると、麦藁帽子《むぎわらぼうし》を被《かぶ》って書くような事もある。こうして書くとよく出来るようである。凡《すべ》て明るい処がよい。

原稿紙は十九字詰十行の洋罫紙《ようけいし》で、輪廓《りんかく》は橋口五葉君に画《えが》いて貰《もら》ったのを春陽堂に頼んで刷らせて居る。十九字詰にしたのは、此原稿紙を拵《こし》らえた時に、新聞が十九字詰であったからである。用筆は最初Gの金ペンを用いた。五六年も用いたろう。其後万年筆にした。今用いて居る万年筆は二代目のでオノトである。別にこれがいいと思って使って居るのでも何でも無い。丸善の内田魯庵君に貰《もら》ったから、使って居るまでである。筆で原稿を書いた事は、未《ま》だ一度もない。」（『文士の生活』）

11　博士号辞退問題

一九一一（明治四十四）年二月十日、胃潰瘍で入院治療を受け留守中の自宅に、文部省専門学務局長福原鐐二郎《りょうじろう》から博士号授与の通知が届く。漱石は翌日二十一日に博士号辞退の書簡を申し出、学位記も返送してしまう。二カ月後に来たこの手紙への返事は次のとおりである。

「複啓二月二十一日付を以て学位授与の儀御辞退相成たき趣御申出相成候処已に発令済につき今更御辞退の途もこれなく候間御了知相成たく大臣の命により別紙学位記御返付かたがたこの段申進候敬具」

漱石は公けにするため、翌十三日付の書簡を福原局長に出した

復啓　学位辞退の儀は既に発令後の申出にかかる故、小生の希望通り取計らいかぬる旨の御返事を領し、再応の御答を致します。

小生は学位授与の御通知に接したる故に、辞退の儀を申し出でたのであります。それより以前に辞退する必要もなく、また辞退する能力もないものと御考えにならん事を希望致します。学位令の解釈上、学位は辞退し得べしとの判断を下すべき余地あるにもかかわらず、毫も小生の意志を眼中に置く事なく、一図に辞退し得ずと定められたる文部大臣に対し小生は不快の念を抱くものなる事を茲に言明致します。

文部大臣が文部大臣の意見として、小生を学位あるものと御認めになるのはやむをえぬ事とするも、小生は学位令の解釈上、小生の意思に逆って、御受をする義務を有せざる事を茲に言明致します。

最後に小生は目下我邦における学問文芸の両界に通ずる趨勢に鑒みて、現今の博士制度

の功《こう》少くして弊《へい》多き事を信ずる一人なる事を茲《ここ》に言明致します。
右大臣に御伝えを願います。学位記は再応御手許《もと》まで御返付致します。敬具
四月十三日　　　　　　　　　　　　　　夏目金之助
専門学務局長
福原鐐二郎　殿

『博士問題の成行《なりゆき》』の中でその経緯と考えを次のように述べている。

「博士制度は学問奨励の具として、政府から見れば有効に違いない。けれども一国の学者を挙げて悉《ことごと》く博士たらんがために学問をするというような気風を養成したり、またはそう思われるほどにも極端な傾向を帯びて、学者が行動するのは、国家から見ても弊害の多いのは知れている。余は博士制度を破壊しなければならんとまでは考えない。しかし博士でなければ学者でないように、世間を思わせるほど博士に価値を賦与《ふよ》したならば、学問は少数の博士の専有物となって、僅かな学者的貴族が、学権を掌握《しょうあく》し尽すに至ると共に、選に洩《も》れたる他は全く一般から閑却《かんきゃく》されるの結果として、厭《いと》うべき弊害の続出せん事を余は切に憂《うれ》うるものである。余はこの意味において仏蘭西《フランス》にアカデミーのある事すらも快よく思っておらぬ。

従って余の博士を辞退したのは徹頭徹尾《てっとうてつび》主義の問題である。この事件の成行《なりゆき》を公けにすると共に、余はこの一句だけを最後に付け加えて置く。」（『博士問題の成行』）

勲章を出す方がもらってくれと頼む立場で、受ける権利はあるが義務ではないと述べ、称号や肩書き、権威主義を嫌った反骨《はんこつ》精神を貫いている。

12 漱石の晩年

晩年の漱石は、一九一〇（明治四十三）年六月、『三四郎』、『それから』に続く前期三部作の三作目にあたる『門』執筆中、胃潰瘍で長與胃腸病院（長与胃腸病院）に入院した。同年八月、療養のため門下生の松根東洋城《まつねとうようじょう》のすすめで伊豆修善寺に出かけ転地療養をすることにした。しかし、そこで、八百グラムにも及ぶ大吐血をおこし、「修善寺の大患」と呼ばれている生死の間をさまよう危篤《きとく》状態に陥った。この時の一時的な「死」の体験は、その後の作品に影響をあたえることとなった。最晩年の漱石は「則天去私」を理想としていたが、この時の心境を表したものではないかと言われている。『硝子戸の中』では、本音に近い真情の吐露《とろ》が読み取れる。同年十月、容態が落ち着いて長与病院に戻り再入院した。その後も胃潰瘍などの病気に何度も苦しめられている。

一九一一（明治四十四）年六月、長野へ夫人同行で講演旅行。八月に、関西での講演旅行。直後、胃潰瘍が再発し、大阪の大阪胃腸病院（一九三二年に湯川秀樹が婿《むこ》養子となる。一九五〇年に湯川胃腸病院と改称）に入院。同年十一月二十九日夕食中、かわいい盛りの五女ひな子がわずか一年八ヶ月の生涯を突然閉じる不幸を味わった。

東京にもどった後は、痔にかかり通院。一九一二（大正元）年九月、痔の再手術。大正二年は、「神経衰弱」、胃潰瘍で六月頃まで悩まされた。大正三年九月、四度目の胃潰瘍で病臥《びょうが》した。大正四年三月、京都にでかけそこで五度目の胃潰瘍で倒れた。六月から『道草』の連載を開始したが、翌年大正五年には糖尿病にも悩まされる。その年、辰野隆の結婚式に出席して後、十二月九日大内出血を起こし、『明暗』執筆途中に死去した。最期《さいご》の言葉は、寝間着の胸をはだけながら叫んだ「ここにみずをかけてくれ、死ぬと困るから」であったという。

漱石の死の翌日、遺体は東京帝国大学医学部解剖室において教え子の長與又郎によって解剖された。その際に摘出された脳と胃は寄贈された。脳は、現在もエタノールに漬けられた状態で東京大学医学部に保管されている。重さは一キロ四百二十五グラムであった。

十二月十二日、葬儀が青山斎場で執《と》り行われ、受付には当時二十四歳の門下生で小説家の芥川龍之介が立ち、森鷗外も弔問《ちょうもん》に訪れていた。二十八日には東京雑司ヶ谷墓地に埋葬された。大きな安楽椅子の形をした墓石の下で「文献院古道漱石居士」の法名《ほうみょう》（戒名《かいみょう》）を持って漱石は鏡子夫人とともに眠っている。夏目家の家紋《かもん》（定紋）は井桁《いげた》に菊で、『硝子戸の中』に関連する記述がある。

多くの批評家や研究家は、晩年の漱石は「修善寺の大患」を経て心境的な変化に至ったと語っている。この大患で生死をさまよい、二度生まれという体験をしてさらに強くなった。松岡譲が「宗教的問答」(『明暗』の頃、昭和七年著)のなかで、私利私欲を捨て去って自然にゆだねて生きること(宗教的悟り・こころのやすらぎ)というように述べた漱石自身の最晩年の心境をあらわす言葉「則天去私《そくてんきょし》」という語句が広く知られている。漱石は「自然」と「社会」の狭間《はざま》のなかで人生を見つめている。この「則天去私」という語は漱石自身が文章に残した訳ではなく、漱石の発言を弟子達が書き残したもので、その意味は必ずしも明確ではない。故人が生きるうえでの指針ととらえる説と、創作上の態度ととらえる説などがある。故人を神格化し、権威をあたえるように使われてきた語だとする説もある。

第二章　漱石の真実

1　漱石の身体と能力

大学予備門時代に記していた漱石の身体検査の記録（「漱石文庫」蔵）によると、二十二歳の時、明治二十二年三月九日の体重は十三貫九百五十匁《もんめ》（換算して、約五十二・三キロ）、身長一メートル五十八・七センチ、胸囲七十九センチの体格であった。明治二十三年三月十八日の体重十四貫二百匁（約五十三・三キロ）、身長五尺二寸四分（約一メートル五十八・八センチ）と記している。

体重に関して、明治四十三年胃潰瘍で入院した頃の日記があり、明治四十三年六月二十六日は四十八・一キロ、七月三十日四十九・四キロ（退院時）、十月三十日四十四・五キロ、十二月十日五十一キロ、十二月二十四日五十二・一キロ、明治四十四年一月七日五十三・三キロ、一月十四日五十四・二キロ、一月二十一日五十四・八キロと記されている。

大学予備門入学当初、あまり勉強もせず、気の向くままにボートや水泳、乗馬、体操などのスポーツを楽しんでいた。二年生の時には落第も経験している。

「不勉強位であったから、どちらかと云えば運動は比較的好きの方であったが、その運動も身体が虚弱であった為め、規則正しい運動を努《つと》めてやったというのではない。唯《ただ》遊んだという方に過ぎないが、端艇競漕《ボートレース》などは先《ま》ず好んで行《や》った方であろう。前の中村是公氏などは、中々運動は上手の方で、何時《いつ》もボートではチャンピオンになっていた位であるが、私は好きでやったと云っても、チャンピオンなどには如何《どう》してもなれなかった。

その他運動と云っても、当時は未《ま》だベースボールもなく、庭球《テニス》もなかったから、普通体操位のもので、兵式体操はやらなかった。要するに運動というより気儘《きまま》勝手に遊び暮したという方で、よく春の休みなどになると、机を悉皆《すっかり》取片附けて了《しま》って、足押、腕押などいう詰らぬ運動――遊びをしては騒いでいたものである。試験になってもそう心配はしない。「我豈《あ》に試験の点数などに関せんや」と云ったような考で、全く勉強と云う勉強はせずに居たから、頭脳は発達せず、成績はますます悪くなるばかり。一体私は頭の悪い方で―今でも然《そ》うだが―それに不勉強の方であったから、学校での信用も次第と無くなり、遂《つ》いに予科二年の時落第という運命に立ち至った。（以下略）」（談話「一貫したる不勉強―私の経過した学生時代」（五）・『中学時代』明治四十二年一月一日）

学業成績は「大学予備門の生徒試業優劣表」によると、総計八〇八・九点　平均七九・五点で及第。体操七五・一、修身学七七・五、和漢文五九・〇、釈解六六・九、文法作文七五・五、日本歴史七五・〇、支那歴史六八・〇、和漢作文七〇・五、代数七八・〇、幾何八六・？（かすれている）、地文学七三・〇で、理系でよい成績を収めている。工科志望もこのためかもしれない。

2　漱石の趣味と性格

漱石は多彩な才能の持ち主であるが、書画のほかに趣味をもたなかった。また、明るく清らかな書斎で執筆することを趣味としていた。趣味について『文士の生活』のなかで次のように述べている。

「娯楽と云うような物には別に要求もない。玉突《たまつき》は知らぬし、囲碁《いご》も将棊《しょうぎ》も何も知らぬ。芝居は此頃何かの行掛《ゆきがか》り上《じょう》から少し見た事は見たが、自然と頭の下るような心持で見られる芝居は一つも無かった。面白いとは勿論《もちろん》思わぬ。音楽も同様である。西洋音楽のいいのを聞いたら如何《どう》か知らぬが、私は今までそう云う西洋音楽を聞いた事の無い為《せい》か、未《ま》だ一度も良い書画を見る位の心持さえ起した事は無い。日本音楽などは尚更《なおさら》詰らぬものだと思う。只《ただ》謡曲丈《だ》けはやって居る。足掛《あしかけ》六七年になるが、これも怠《なま》けて居るから、どれ程の上達もして居ない。下《しも》がかりの宝生《ほうしょう》で、先生は宝生新氏である。尤《もっと》も私は芸術のつもりでやって居るのではなく、半分運動のつもりで唸《うな》るまでの事である。

書画だけには多少の自信はある。敢《あえ》て造詣《ぞうけい》が深いというのでは無いが、いい書画を見た時許《ばか》りは、自然と頭が下るような心持がする。人に頼まれて書を書く事もあるが、自己流で、別に手習いをした事は無い。真《ほんと》の恥を書くのである。骨董《こっとう》も好きであるが所謂《いわゆる》骨董いじりではない。第一金が許さぬ。自分の懐都合《ふところつごう》のいい物を集めるので、智識は悉無《しつむ》である。どこの産だとか、時価はどの位だとか、そんな事は一切知らぬ。然し自分の気に入らぬ物なら、何万円の高価な物でも御免《ごめん》を蒙《こうむ》る。

明窓浄机《めいそうじょうき》。これが私の趣味であろう。閑適《かんてき》を愛するのである。小さくなって懐手《ふところで》して暮したい。明るいのが良い。暖かいのが良い。」（『文士の生活』）

漱石は「神経衰弱」やうつ病になるほど神経過敏であった。次のように性格の自己分析をしている。

「性質は神経過敏の方である。物事に対して激しく感動するので困る。そうかと思うと、又神経遅鈍な処もある。意志が強くて押える力のある為めと云うのでは無かろう。全く神経の感じの鈍い処が何処《どこ》かにあるらしい。
物事に対する愛憎《あいぞう》は多い方である。手廻りの道具でも気に入ったの、嫌《きら》いなのが多いし、人でも言葉つき、態度、仕事の遣《や》り口《くち》などで好きな人と嫌いな人がある。どんなのが好きで、どんなのが嫌いかと云う事は、何《いず》れ又記す機会があろうと思う。」（『文士の生活』）

3　漱石の食事と嗜好《しこう》

夏目家の食事に関する記録はあまり残されていない。半藤末利子《まりこ》（長女筆子の娘、一九三五〜）が『夏目家の糠《ぬか》みそ』のなかで、夕食の献立を母から聞いた話として次のように記している。

「一汁二、三菜に漬物で、そのうちの一菜は一日おきに交代で出される魚か肉の料理、もう一菜はほうれん草の胡麻和《ごまあ》えとか、芋の煮っころがしとか、精進揚《しょうじんあ》げといった野菜料理だったそうです。」（『夏目家の糠《ぬか》みそ』半藤末利子著）

主食は白米のご飯が主で時々麦飯も食べていたようである。大正元年九月二十六日の日記に、「前日夜七時、麦飯一杯食べた」と書かれている。

食に関して、淡白《たんぱく》な日本料理より、味の濃厚な西洋料理や中華料理を好んだ。酒も弱かった。自らの嗜好《しこう》に関して次のように述べている。

「食物は酒を飲む人のように淡泊な物は私には食えない。私は濃厚な物がいい。支那料理、西洋料理が結構である。日本料理などは食べたいとは思わぬ。尤《もっと》も此支那料理、西洋料理も或る食通と云う人のように、何屋の何で無くてはならぬと云う程に、味覚が発達しては居ない。幼稚《ようち》な味覚で、油っこい物を好くと云う丈《だけ》である。酒は飲まぬ。日本酒一杯位は美味《うま》いと思うが、二三杯でもう飲めなくなる。

其の代り菓子は食う。これとても有れば食うと云う位で、態々《わざわざ》買って食いたいと云う程では無い。煎茶《せんちゃ》も美味《うま》いと思って飲むが、自分で茶の湯を立てる事は知らぬ。」（『文士の生活』）

食に対する関心は大変旺盛で、日記に詳細に書き記している。また、食べ物を贈ってくれた友人には格別に丁寧《ていねい》な礼状を送っている。

漱石は下戸《げこ》にして甘党である。酒はあまり飲めず、砂糖をまぶしたピーナッツ、越後の笹飴《ささあめ》、秋田蕗《あきたぶき》の砂糖漬けの他、ビスケット、アイスクリームが大好物（『虞美人草』『それから』『彼岸過迄』『行人』『こころ』『日記』他）。アイスクリームに関して、自宅の裏にアイスクリーム製造機があり、「諸肌脱《もろはだぬ》ぎになって、庭に飛び降り、掛け声をかけながら、頻りに把手《はしゅ》を廻して居たことも、何度かある」（『父・夏目漱石とその周辺』夏目伸六著）とほほえましい光景がうかがえる。大の甘党で、自身が好む甘味の記述が作品にも多く見受けられる。そのなかでも、羊羹《ようかん》には格別な思い入れがあるようで、『草枕』ではこう記されている。

「……余は凡ての菓子のうちで尤《もっと》も羊羹《ようかん》が好だ。（中略）あの肌合が滑らかに、緻密《ちみつ》に、しかも半透明に光線を受ける具合は、どう見ても一個の美術品だ。ことに青味を帯びた煉上《ねりあ》げ方は、玉《ぎょく》と蝋石《ろうせき》の雑種の様で、甚《はなは》だ見て気持ちがいい。のみならず青磁の皿に盛られた青い煉羊羹《ねりようかん》は、青磁のなかから今生まれた様につやつやして、思わず手を出して撫《な》でて見たくなる……」（『草枕』四）

漱石が一番好きな飲み物はコーヒーである。日記に次のように記している。

一九一一（明治四十四）年七月十日（月）日記（ルビは筆者）

「◯コフヒーが凡《すべ》ての飲料のうちで一番好きだ。此間和蘭《こないだオランダ》公使館で飲んだコフヒーが一番上等である。」

ジャム（ロンドン留学後『吾輩は猫である』）、空也餅《くうやもち》（『吾輩は猫である』）、空也最中《くうやもなか》（橋口貢への絵手紙：明治三十七年十二月二十二日、他）、岡山の黍団子《きびだんご》、安倍川餅《あべかわ》、藤村の羊羹《ようかん》、羽二重団子（『吾輩は猫である』他）、越後《えちご》の笹飴《ささあめ》（「清が越後の笹飴を笹ぐるみむしゃむしゃたべている」『坊っちゃん』）、なども作品にでてくる。なお、ビールは『二百十日』他に、蕎麦《そば》は『坊っちゃん』他にでてくる。

漱石の人生最後の外食は荒正人の「年表」（『漱石文学全集』集英社）によれば、大正五年十二月九日（土）に築地精養軒での「牛鍋」と「赤酒《あかざけ》」（熊本の特産品）であった。「赤酒」に関して『三四郎』に次の記述がある。

「三四郎は熊本で赤酒ばかり飲んでいた。赤酒というのは、所で出来る下等な酒である。熊本の学生はみんな赤酒を飲む。」（『三四郎』六）

下戸《げこ》で実直な漱石は愛煙家でもある。

「私は上戸党の方じゃ有りません。一杯飲んでも真赤になる位ですから。到底酒の御交際は出来ません。大抵の宴会にも出ない方です。（中略）日本では、酒を飲んで真赤になると、景気がつくとか、上機嫌だとか言いますが、西洋では、全く鼻摘みですからね。煙草《たばこ》は好きです。病中でもやめられません。朝早く目覚めた時にも、食後にも喫《の》みます。なるべくシガーがいいのですが、廉《やす》くないので大抵敷島（二十本入り）など吹かしているのです。日に二箱位は大丈夫です。」（「文士と酒、煙草」『漱石談話』明治四十二年一月九日：『漱石全集』第二十五巻三三六頁）

漱石ゆかりの飲み物で炭酸ソーダ水、「平野水《ひらのすい》」がある。漱石は胃潰瘍の時、「三ツ矢平野《ひらの》水《すい》」として売り出されていた「平野水《ひらのすい》」を飲まされた。『思い出す事など』に次のように記述されている。

「その代わり日に数回平野水を一口ずつ飲ましてもらうことにした。平野水がくんくんと音を立てるような勢いで、食道から胃へ落ちて行くときの心持ちは痛快であった。けれども咽喉《のど》を通り越すや否やすぐまた飲みたくなった。

余は夜中にしばしば看護婦から平野水を洋盃《コップ》に注いでもらって、それをありがたそうに飲んだ当時をよく記憶している。」（『思い出す事など』十二）

『行人』（友達六）にも出現する。

4　結婚生活と女性たち

明治二十九年二十九歳で中根鏡子（キヨ）（十九歳）と見合い結婚し、二男五女の子どもをもうけている。結婚三年目に鏡子夫人は慣れない環境と流産のためヒステリー症が激しくなり、白川・井川淵に投身自殺未遂《みすい》（明治三十一年）をする事件などがあり、順風満帆《じゅんぷうまんぱん》な夫婦生活とはいかなかったようだ。夫婦の危機であった。これには、流産の他、『草枕』の舞台となった小天《おあま》温泉での前田卓《つな》（『草枕』のヒロイン那美のモデル）との交際も原因の一つであるとする指摘（「熊本　愛の旅人」『朝日新聞』土曜版、二〇〇五年二月二十九日）もある。

留学から帰国後、漱石は「神経衰弱」やうつ病に悩まされ、今ならドメスティック・バイオレンスといってよい乱暴を夫人や子ども達によくはたらいた。娘達には放任主義であったが、息子達には厳しかったそうである。漱石は親友菅虎雄に離婚相談をしたこともある。「伏《ふ》せられた漱石日記」（『世界』一九五五年八月号）が公表され、そこには鏡子夫人への不快感が露骨に記されている。晩年一九一四年秋から冬にかけては「自分に都合の悪いことは夫に黙っている女」などと記している。日記などに夫人が朝寝坊であるという記述もある。結婚式の三々九度の盃《さかずき》は一つ足りない二つ重ね。それも縁《ふち》が欠けていたらしい。自叙伝的小説『道草』のなかに次のような会話がある。

「雌蝶も雄蝶もあったもんじゃないのよ貴方。だいいち御盃の縁が欠けているんですもの」
「それで三々九度をやったのかね」
「ええ、だから夫婦仲がこんなにがたぴしするんでしょう（以下略）」（『道草』三十五）

結婚式の三々九度の時、三つ組み杯《さかずき》のひとつが不足していたことを後に夫人に指摘された漱石は「どうりで喧嘩《けんか》ばかりして、とかく夫婦仲が円満にいかないんだ」と苦笑したというエピソードもある。

しかし、筆子《ふで》（作家・松岡譲の妻）、恒子、栄子、愛子、純一（バイオリニスト）、伸六（随筆家）、そして、幼くして亡くなったひな子、の二男五女七人の子どもをもうけ、結婚四年目の英国留学時や漱石四十八歳の時や晩年に詠《よ》んだ次のような俳句があり、仲が悪かったわけではない。

吾妹子を　夢見る春の　夜となりぬ　（明治三十四年）

春の夜や　妻に教はる　荻江節《おぎえぶし》[*]　（大正三年、漱石四十八歳、夫人三十八歳）

＊筆者注：荻江節は長唄である

耳の穴掘って貰《もら》ひぬ春の風　（大正五年）

漱石三十四歳のとき、留学先英国から「おれの様な不人情なものでも頻《しき》りに御前が恋しい」（明治三十四年二月二十日）という手紙も送付している。夫人は飾らない、お世辞を言わぬ気前の良い人、落ち着いた人と言われている。家族のなかで夫人は漱石を「お父様」とよんでいたという。

漱石は自分の恋愛体験の多くを語っていない。一八九一（明治二十四）年には三兄・和三郎の妻、漱石と同い年の登世《とせ》が悪阻《つわり》のため若くして死んでいる。その登世に漱石は恋心を抱いていたとも言われ、心に深い傷をうけ、登世に対する気持ちをしたためた句を何十首も詠んでいる。

朝貌《あさがお》や咲いたばかりの命哉《かな》　（明治二十四年）
君逝《ゆ》きて浮世に花はなかりけり　（明治二十四年）
今日よりは誰に見立てん秋の月　（明治二十四年）

漱石が理想としていた女性については、登世のほか諸説ある。夏目漱石が子規に送った手紙（明治二十四年七月十八日付）の中に書かれた「井上眼科医院で見かけた可愛い女の子」とは日根野れん（一八八六〜一九〇八）のことだといわれている（石川悌二説）。幼少期、養父・塩原昌之助に引き取られた漱石（当時七歳）は日根野かつとその連れ子であるれん（連、八歳）と同じ家に住み、一緒に小学校に通った。明治十八年か十九年頃、れんは陸軍軍人・平岡周造（一八六〇～一九〇九）と結婚。夫の任地にしたがって東京を離れていたが、れんが東京に戻り、漱石二十四歳の頃偶然に駿河台の井上眼科医院で再会したらしい。夏目鏡子述『漱石の思ひ出』に「漱石はトラホームをやんでいて、毎日のように駿河台の井上眼科にかよっていたそうです。すると始終そこで落ちあう美しい若い女の方がありました。背のすらっとした細面《ほそおもて》の美しい女《ひと》で、そういうふうの女が好きだとはいつも口癖に申しておりました」と記述されている。漱石の小説『文鳥』（明治四十一年）にも美しい幼なじみの女・日根野れんを想像するに充分な表現がみられる。れんは明治四十一年六月二日に四十一歳で亡くなっている。四十二歳の頃近所の紙屋のおかみさんが「ほっそりした色の白い人でしたが、それがたいへんなお気に入りで……」（『漱石の思ひ出』夏目鏡子述）という記述などから「ほっそりした色白の女性」が理想であったと推察できる。

もうひとりの美貌《びぼう》の女性は大塚楠緒子（おおつか　くすおこ／なおこ・小説家）で、『硝子戸の中』に次のように記している。

「私の眼にはその白い顔が大変美しく映った。私は雨の中を歩きながらじっとその人の姿に見惚れていた。」（『硝子戸の中』二十五、大正四年・漱石四十八歳の時）

大塚楠緒子は漱石の東京帝大の同僚である大塚保治の妻で、三角関係説もある。次は明治四十三年十一月九日死去した大塚楠緒子に手向《たむ》けの句である。

棺《ひつぎ》には菊抛《な》げ入れよあらんほど（明治四十三年）

あるほどの菊抛《な》げ入れよ棺《かん》の中（明治四十三年）

5 文学作品にみる男女三角関係

夏目漱石の作品にみる男女の三角関係について触れておこう。『坊っちゃん』の後、白叙伝的小説『草枕』や『虞美人草』、『野分』と次々と作品を発表している。『虞美人草』は、藤尾と宗近、小野と佐代子、藤尾の兄である甲野、姦通《かんつう》と男女の三角関係の小説である。

無意識の偽善《ぎぜん》を描写した恋愛小説、「男女の三角関係三部作」と言われているのは、『三四郎』（三四郎と美禰子《みねこ》・「迷える羊」（ストレイ・シープ）は別の男野々宮と結婚）、『それから』（［高等遊民］代助・「神経衰弱」、自意識過剰のナルシストと人妻・親友平岡の妻三千代）、そして、『門』（宗助と三角関係を経て結婚で親友の安井から奪ったお米、罪悪感・不安とすれ違う夫婦と男だけの世界）である。

後期三部作は、『彼岸過迄』（人生の葛藤をする敬太郎と須永と千代子の不毛の男女関係、先輩である自称［高等遊民］の松本も）、『行人』（一郎［学者肌で社交が不得意］、妻の長野直と弟長野二郎・「二人は仲がいいと疑う」との三角関係、エロティシズム、「姉さん」暗闇の中の手探り)、『こころ』(私と先生と両親との三角関係、先生に敬意と真摯な態度の私と先生、恋愛や異性愛は三角関係のもとで成立し、そのもつれで恋敵Kを自殺に追込んだ懺悔《ざんげ》と死の物語、同性愛や恋は罪悪、女の愛・親子の絆・友情を描く)である。『明暗』(清子、津田とお延)は未完結性を持つ作品である。

三角関係の作品をまとめると、『三四郎』(三四郎・美禰子・野々宮)、『それから』(代助・三千代・平岡)、『門』(宗助・お米・安井)、『彼岸過迄』(須永・千代子・高木)、『行人』(一郎、直、二郎)、『こころ』(先生・お嬢さん(「先生」の奥さん)・K)、『明暗』(清子・津田・延)である。

6　落語と『吾輩は猫である』

ユーモアと滑稽《こっけい》に満ちた前期作品に『吾輩は猫である』と『坊っちゃん』がある。そのユーモアと軽妙な文体で江戸っ子庶民芸能である落語の精神が随所に現れている。漱石は落語が好きであった。

「落語《はなし》か。落語はすきで、よく牛込の肴町《さかなまち》の和良店《わらだな》へ聞きにでかけたもんだ。僕はどちらかといえば子供の時分には講釈がすきで、東京中の講釈の寄席《よせ》はたいてい聞きに回った。なにぶん兄らがそろって遊び好きだから、自然と僕も落語や講釈なんぞが好きになってしまったのだ。落語家《はなしか》で思い出したが、僕の故家《いえ》からもう少し穴八幡のほうへ行くと、右側に松本順という人の邸《やしき》があった。あの人は僕の子供の時分には時の軍医総監ではぶりがきいてなかなかいばったものだった。円遊《えんゆう》やその他の落語家がたくさん出入りしておった。」（『僕の昔』）

漱石のはじめての小説は、英語教師、苦沙弥《くしゃみ》先生の家に飼われている猫の話である。猫である「吾輩」の視点から、飼い主苦沙弥先生の一家や、そこに集まる彼の友人や門下の書生たちの人間模様を風刺的に描いた『吾輩は猫である』。その広告文は漱石自らの手によって書かれた。

「吾輩は猫である。名前はまだない。主人は教師である。迷亭は美学者、寒月は理学者、いづれも当代の変人、太平の逸民である。吾輩は幸にして此諸先生の知遇を辱《かたじけの》ふするを得てこゝに其平生を読者に紹介するの光栄を有するのである。……吾輩は又猫相応の敬意を以て金田令夫人の鼻の高さを読者に報道し得るを一生の面目と思ふのである。」（『猫の広告文』）

書簡などによると、漱石は当初題名として「猫伝」を考えていたという。「猫伝」や漱石と落語とのかかわりについては『漱石と落語』（水川隆夫著）に詳述されているのでここでは割《かつ》愛《あい》する。古典落語のパロディが幾つかみられる。例示すると、強盗に入られた次の朝、苦沙弥夫婦が警官に盗まれた物を聞かれる件（第五話）は『花色木綿（出来心）』の、寒月君がバイオリンを買いに行く道筋を言いたてるのは『小金餅』のパロディとされる。迷亭君が洋食屋を困らせる話にはちゃんと「落ち」までつけ一席の落語としている。風刺と滑稽さに富んだ『吾輩は猫である』には落語の影響が最も強くみられる。捨て猫物語であるその書き出しは次のとおりである。

「吾輩《わがはい》は猫である。名前はまだ無い。どこで生まれたかとんと見当《けんとう》がつかぬ。何でも薄暗いじめじめした所でニャーニャー泣いていた事だけは記憶している。吾輩はここで始めて人間というものを見た。しかもあとで聞くとそれは書生という人間中で一番獰悪《どうあく》な種族であったそうだ。この書生というのは時々我々を捕《つかま》えて煮《に》て食うという話である。しかしその当時は何という考もなかったから別段恐しいとも思わなかった。」（『吾輩は猫である』）

人間世界と猫の世界、現実と虚構《きょこう》の二重性のなかに我々は引き込まれるのである。しかし、前述のとおり漱石が幼少の頃捨て子にされていたことを思い出さずにはいられない。

7 傑作『坊っちゃん』

中学の英語教師として四国松山に赴き、素材を得て書いた『坊っちゃん』(一九〇六(明治三九)年)を三十九歳の漱石が『ホトトギス』に発表した。作家・評論家・英文学者の丸谷才一(一九二五〜二〇一二、山形県鶴岡市生まれ、一九六八年に「年の残り」で第五九回芥川賞に輝き、谷崎潤一郎賞、読売文学賞、野間文芸賞、菊池寛賞、泉鏡花賞、朝日賞、芸術選奨文部大臣賞など多くの受賞があり、二〇〇六年に文化功労者に選ばれ、二〇一一年に文化勲章を受章)は、『闊歩《かっぽ》する漱石』の「忘れられない小説のために」のなかで、『坊っちゃん』の三つの特徴を、①登場人物に綽名《あだな》が多い、②人物描写が類型的、③面倒くさい心理描写がない、と述べている。『坊っちゃん』は漱石がイギリス十八世紀文学のことを考え続けながら筆をとり、傑作『トム・ジョーンズ』(フィールディング、英国一七〇七〜一七五四)に刺激を受け触発《しょくはつ》されて書かれた名作であり、その理由として、ユーモア小説であるということ、主人公のトムと坊っちゃんの快男児である人柄と境遇の相似性《そうじせい》などを挙げている。そして、漱石がすばらしい才能を発揮した作品であると評している。

「『坊っちゃん』の特色のなかで見落としてならないのは、構成がじつにしっかりしてゐることです。起承転結といふか序破急といふか、とにかくそれがうまく行つてゐて、たるんだ所が一箇所もない。一気呵成《いっきかせい》にぐんぐん進んで行つて、小気味よく終わる。すばらしい出来です。」（『闊歩《かっぽ》する漱石』2　丸谷才一著）

「坊っちゃん」は、物理学校（現在の東京理科大学）の卒業で、数学教師（月給四十円）であり、科学的視点で真理を判断する。これは「赤シャツ」に象徴される権威主義に対する批判であるとする半藤利一の解説（『続・漱石ぞなもし』）がある。

『坊っちゃん』には初等中等教育において子どもたちが接すべきロールモデルとなる六つのタイプの人間像が描かれている。「狸校長《たぬき》」（権限を持ち、調整型で事なかれ主義の優柔《ゆうじゅう》不断な人物）、「赤シャツ」（学士で陰湿《いんしつ》な悪玉《あくだま》人間）、「坊っちゃん」（人間的には幼児的で未成熟な、自分勝手な人物）、「山嵐」（正義感の強い性格で生徒に人望がある人物）、「赤シャツの腰巾着《こしぎんちゃく》でイエスマンな人物）、「うらなり」（お人よしで消極的な人物）、「野だいこ」（赤シャツの腰巾着でイエスマンな人物）、の六人である。彼らはそれぞれにバラバラなことを言い、違うことをめざしている。あるべき教師の姿として六つのタイプがあり、子どもにとってそういう場所がたぶんいちばんよい教育環境であるのだと読み取れる。学校は人間観察ができて、人間としての幅を広げ、将来さまざまな人間とうまくやっていく訓練の場であるからである。

漱石の言語に対する厳密な姿勢を伺わせる言葉遣《づか》いが『坊っちゃん』の中に見うけられる。

例えば「こども」の表記を、「小供」（『坊っちゃん』一）は幼い頃の意味で、「子供」（『坊っちゃん』七）は親子関係の中でのこどもの意味で、とそれぞれ使い分けられている。

　田舎の中学に赴任し約一ヶ月間の教師生活を送った江戸っ子教師「坊っちゃん」のモデルは誰だろうか？「語学とか文学とは云ふものは真平御免《まっぴらごめん》」で物理学校を卒業した数学の先生「坊っちゃん」は、一説では、弘中又一（明治六年長州山口県生まれで、漱石の六歳下、昭和三十年没。明治二十七年同志社大学卒。明治二十八年春、数学教師で山口県に妻子を残し松山中学に単身赴任。漱石と同年同期に赴任し一年間隣の席。その後、弘中は埼玉県熊谷中学へ転出する）といわれる。蕎麦《そば》好きで、てんぷら蕎麦を四杯食すほどで、数え歌「一つ弘中シッポクさん」といわれた。一方の夏目漱石は「七つ夏目の鬼瓦《おにがわら》」と歌われている。しかし、江戸っ子が四国松山中学の教師となり、「来てから一月立つか立たないのに辞職」（漱石も約一年間で）する話の枠組みは漱石の経歴と重なっている。江戸っ子「坊っちゃん」は結局漱石自身である。教頭「赤シャツ」のモデルは横地石太郎先生（大学の先輩理学士）といわれている。しかし、「もし『坊っちゃん』のなかの人物を一々実在のものと認めるならば、赤シャツは即ちかういう私の事にならなければならんので」（『私の個人主義』）と、文学士「洋文学派」の漱石自身であると述べている。処女作『吾輩は猫である』（一九〇五（明治三十八）年）の苦沙弥《くしゃみ》先生（英語教師）も自分がモデルである。小説のなかの英語教師は他に、『坊っちゃん』のうらなり、『野分』の白井道也《しらいどうや》（文学者）、『三四郎』の広田先生、『道草』（自伝的小説）の健三（傍線は主人公）である。
それでは、『坊っちゃん』の「狸《たぬき》校長」、「薄髯《ひげ》のある、色の黒い、目の大きな」校長のモデルは誰であろうか？　答えは、第四章で述べる。

8　漱石と俳句・漢詩

夏目漱石は明治二十二年から大正五年にわたって約二千六百句を残している。正岡子規との出会いで俳句の世界に入りこむ。俳号は「愚陀佛《ぐだぶつ》」である。最も古い句は明治二十二年の次の二句である。

帰ろふと泣かずに笑へ時鳥《ほととぎす》　（明治二十二年）
聞かふとて誰も待たぬに時鳥　（明治二十二年）

正岡子規は当時医師から肺病と診断されショックを受け、四、五十句の時鳥の句を作り、以来、「子規」と号したという。子規は時鳥の異称を持ち、時鳥は当時死病とみなされていた結核の代名詞でもある。俳句の祖である俳諧《はいかい》とは、もともと滑稽《こっけい》の意味であり、子規をして「滑稽思想を有す」、「我が俳句に滑稽趣味を発揮し成功した者は漱石なり」（『墨汁一滴』正岡子規作、明治三十四年）と言わしめるほど漱石は独自の境地を開いている。当意即妙な俳風であり、漢詩文が漱石の基礎的教養であったので実に多くの漢語を用いている。漱石の作品のなかで漢語と俳句が文体を引き締める効果を持っている。

俳句は季題によって自然の風物や人事を詠《よ》む世界一短い詩でもある。四季折々の花鳥風月や草花に感動を覚えた美しい言葉、知性や感性に訴える言葉が凝縮《ぎょうしゅく》されている。漱石も草花を多く詠んでいるが次の句は人柄を表す名句といえよう。

木瓜《ぼけ》咲くや漱石拙《せつ》を守るべく　（明治三十年）
菫《すみれ》ほどな小さき人に生まれたし　（明治三十年）

また、椿《つばき》の落ちる様子をよく詠んでいる。次の落椿《おちつばき》の句は有名である。

弦音《つるおと》にほたりと落ちる椿かな（明治二十七年）
先達《せんだつ》の斗巾《ときん》の上や落ち椿（明治二十九年）
落椿《おちつばき》重なり合ひて涅槃哉《ねはんかな》（明治二十九年）
落ちさまに虻《あぶ》を伏せたる椿哉《かな》（明治三十年）（寺田寅彦の物理実験でも有名）
藁《わら》打てば藁に落ちくる椿哉《かな》（大正三年）

いくらか集中して俳句を作ったのは明治四十三年の秋、いわゆる「修善寺の大患《たいかん》」の回復期である。たとえば高い評価を受け、漱石公園の漱石胸像左側に刻まれている句（明治四十三年十月二十二日の日記に記載）がある。

肩に来て人懐《ひとなつ》かしや赤蜻蛉《あかとんぼ》　（明治四十三年）

少年時代の漱石が目をむけた世界は漢詩と南画の世界であった。学生の頃、漱石に漢詩を書く動機をあたえたのが子規であり、以来漱石は英文学研究の余業に書き、帰国後にも気をまぎらわすために書いた。「修善寺の大患《たいかん》」（「大患」は荘子《そうし》の言葉で、良寛の号である）の時に書いたのが次の漢詩である。「白雲」は荘子の「天帝の住む所」の表象で、禅月大師が「白雲の郷」（寒山の住む天台山）といった悟りを開いた人の住む仙郷を連想させる。漱石はこの「白雲」を多用している。

来宿山中寺　　来リテ宿ス山中ノ寺
更加老衲衣　　更ニ加フ老衲《ろうとつ》ノ衣
寂然禅夢底　　寂然タル禅夢ノ底
窓外白雲帰　　窓外ニ白雲帰ル

『明暗』執筆中、他界する三ヶ月前に書いた、鬼気冴える七言律詩の四行（大正五年九月）が次である。

蕭々鳥入秋天意　蕭《せっ》々トシテ鳥ノ秋天ニ入ル意
瑟々風吹落日情　瑟《しっ》々トシテ風ノ落日ヲ吹ク情
遥望断雲還躑躅　遥《はるか》ニ断雲ヲ望ミテマタ躑躅《てきちょく》スレバ
閑愁尽処暗愁生　閑愁《かんしゅう》尽クル処《ところ》暗愁《あんしゅう》生ズ

漱石は漢詩（二百七首）の他、英詩（〝Dawn of Creation〟）も書いている。

9　漱石とシェークスピア

漱石とシェークスピアとの関係についてはあまり知られていない。漱石がロンドン留学時代最も力を入れたのはシェークスピア研究であり、彼はクレイグというシェークスピア学者から個人教授として直接指導を受けていた。その様子は初期の短編「クレイグ先生」に描かれている。

漱石のシェークスピア研究の成果は、一九〇三（明治三十六）年一月に帰国したのち、東大講師となって行なった一連のシェークスピア講義に活かされた。ラフカディオ・ハーン（＝小説家 小泉八雲）の後任として母校東京帝大の教壇に立った漱石であるが、当初はハーンを慕う学生たちのあいだで無名の日本人講師に対する反発の声が強かった。しかし、九月にシェークスピア講義が始まると教室の雰囲気は一変した。デイトン註など何冊もの原書をかたわらに置いて、『マクベス』の幽霊について独自の解釈を繰り広げるその闊達《かったつ》な語り口は、回を重ねるにつれて大評判となり、年が明けて『リア王』の講義に移る頃には、法科や理科の学生まで詰めかけて大教室が立錐《りっすい》の余地もなかったという。漱石の講義がいかに素晴らしいものであったかは、小宮豊隆や野上豊一郎らの受講ノートから読み取れるものの、残念ながら今日読むことのできるのは「『オセロ』評釈」（『漱石全集』十三巻）だけである。英文学者であった漱石にとって、シェークスピアは大きな存在であった。彼の蔵書にはデイトン註二十二巻本や名優ヘンリー・アーヴィングの編纂《へんさん》した十四巻本など七種の全集と、個別の作品やシェークスピアについての評伝・論考・事典などが多数収められている。

明治三十七年の六月、山形県生まれの英文学者である小松武治著『沙翁《さおう》物語集』が出版された。これは『エリア随筆』などで知られる名文家チャールズ・ラムとその姉メアリが、シェークスピアの主要作品二十篇を子ども向きに易しくノベライズした『シェークスピア物語』（一八〇七年）から、とくに有名な十篇をえらんで邦訳したものである。小松武治はこのとき東京帝大の英文科三年に在籍中の学生であったから、当然のごとく大学でシェークスピアを講じていた英文科講師である漱石に訳文の校閲《こうえつ》と序文の執筆を依頼した。漱石が『吾輩は猫である』で小説家としてデビューするのは翌三十八年一月のことだから、小松はあくまでも小説家漱石ではなく大学の夏目先生にお願いしたのだ。漱石は教え子の依頼に快く応じ、収録作十篇それぞれについて、名場面からの引用とそれにちなんで詠《よ》んだ自作の俳句を添え、「小羊物語に題す十句」として序に代えた。タイトルの「小羊」が原著者ラム（Lamb）を暗示しているのはいうまでもない。その十句とは次のとおりである。

〈小羊物語に題す十句〉

雨ともならず唯凩《こがらし》の吹き募《つの》る　（『リア王』二幕四場に対応）

見るからに涼しき島に住むからに　（『テンペスト』一幕二場に対応）

骸骨《がいこつ》を叩《たた》いて見たる菫《すみれ》かな　（『ハムレット』五幕一場（墓堀りの場、道化の髑髏と対面して）に対応）

罪もうれし二人にかゝる朧月《おぼろづき》　（『ロメオとジュリエット』二幕二場（バルコニーの場）に対応）

小夜時雨《さよしぐれ》眠るなかれと鐘を撞《つ》く　（『マクベス』二幕一場（ダンカン王殺害の場）に対応）

伏す萩《はぎ》の風情にそれと覚《さと》りてよ　（『十二夜』二幕四場に対応）

白菊にしばし逡巡《ため》らふ鋏《はさみ》かな　（『オセロ』五幕二場（寝室、デズデモーナ殺害の場）に対

応）
女郎花《おみなえし》を男郎花とや思ひけん　（『ヴェニスの商人』五幕一場（法廷の場、新妻ポーシャ男装し判事に扮す）に対応）
人形の独りと動く日永《ひなが》かな　（『冬物語』五幕三場に対応）
世を忍ぶ男姿や花吹雪《はなふぶき》　（『お気に召すまま』二幕三場に対応）

いずれも俳句の「有季定型（季語があり、五・七・五の十七音を定型とする短い詩）」というルールに従って季語を効果的に用い、各場面の情景を髣髴《ほうふつ》とさせながら、どこかユーモアを漂わせた佳句ぞろいである。漱石の俳人としての力量とともに、彼がいかにシェークスピアを自家薬籠中《じかやくろうちゅう》のものとして楽しんでいたかということがうかがえる。

この『沙翁物語集』が刊行された一九〇四（明治三十七）年、漱石のシェークスピア評釈は東大文科の「看板講義」と言われる程の人気を集めていた。同年十二月には『マクベス』『リア王』に続いて『ハムレット』評釈が始まる。その頃、漱石は創作の筆をとりはじめ、明けて三十八年一月雑誌「ホトトギス」に『吾輩は猫である』を発表。さらに同月中に『倫敦塔《ろんどんとう》』、『カーライル博物館』の二短篇を、二月以降も『吾輩は猫である』の続稿を書いた。他にも『幻影《まぼろし》の盾』、『琴のそら音』、『薤露行《かいろこう》』など、文体も傾向も多様な短篇小説群をやつぎばやに世に出した。

漱石は作家として、小説のなかでしばしばシェークスピア作品に言及したり、登場人物をシェークスピアの劇中人物に見立てている。朝日新聞入社第一作となった『虞美人草』(明治四十年)ではそれが最も明快なかたちで表れている。甲野をハムレットに、藤尾をクレオパトラ(『アントニーとクレオパトラ』)に、藤尾の母を『マクベス』の妖婆に見立てた表現が随所にみられる。

特にシェークスピア作品の中でも、『ハムレット』については、『吾輩は猫である』『草枕』『行人』などでも繰り返しふれている。なかでも『三四郎』では、文芸協会の『ハムレット』公演をそのまま作品に取り入れているほか、漱石自身を思わせる英語教師広田先生が「ハムレットは一人しか居ないかも知れないが、あれに似た人は沢山いる」と語り、自らハムレット的人物であることを暗示している。漱石は『ハムレット』評釈を始めるにあたって、この作はシェークスピア四大悲劇のなかで「特に哲学的なもの」であり、これまでの二作とは「まったく異なった観察態度でこれを眺めたい」と語った、と東大での教え子金子健二は述べている。漱石の英文学研究『文学論』にもシェークスピアに関する記述は多く、群を抜いている。たとえば、『マクベス』二幕三場の王殺害という場面において、門番がおよそ場違いの滑稽《こっけい》で間の抜けた台詞を発することに注目し、「暗澹《あんたん》として陰鬱《いんうつ》なる空気」のなかに「数行の諧謔《かいぎゃく》」をちりばめることが、「暗澹に趣を添え陰鬱に味を附する一種の調和剤」になっていると分析するあたり、目のつけどころがいかにも漱石らしく興味深い。

『吾輩は猫である』第七章に、「セクスピヤ（＝シェークスピア）も千古万古セクスピヤではつまらない。偶《たま》には股倉《またぐら》からハムレットを見て、君こりゃ駄目だよ位に云う者がないと、文界も進歩しないだろう」という一節がある。この言葉のとおり、漱石はシェークスピアに限らず、どんな大作家や名作であろうと、むやみにありがたがったり世間の評価を鵜呑《うの》みにすることなく、あくまでも自分の目で読み、自分の頭で考えることにこだわり続けた。二年間の英国留学で手にした一番大切なもの、すなわち「自己本位」という立脚地に立ったのである。

十二月九日は俳句の季語にもある「漱石忌《き》」である。漱石はちょうど、シェークスピアの没後三百年に他界した。この見事な区切りのよさに、シェークスピアと漱石の不思議なつながりがあるように思う。東京雑司ヶ谷墓地に大きな安楽椅子の形をした墓石の下で「文献院古道漱石居士」の法名（戒名）を持って漱石は鏡子夫人とともに眠っている。一方、英国はストラトフォードアポンエイボン（Stratford-upon-Avon）にある聖トリニティー教会（Holy Trinity Church）内にシェークスピアの墓碑がある。シェークスピアはこの教会で一五六四年四月二十六日に洗礼を受け、一六一六年四月二十五日に埋葬《まいそう》されたとされている。シェークスピア（享年五十二歳）の墓石には次の四行詩が刻印《こくいん》されている。

Good frend, for Jesus sak forbeare
To dig the dust enclosed heare:

Bleste be ye man yt spares thes stones,
And curst be he yt moves my bones.
(= Good friend, for Jesus sake forbear,
To dig the dust enclosed here.
Blest be the man that spares these stones,
And curst be he that moves my bones.)

【よき友、イエスのために、ここに葬られし　我が遺骸を掘り返すことなかれ　この石に触れぬ者に祝福　我が骨を動かす者に呪いあれ】

10　漱石と美術

漱石は子どもの頃から絵画を見ることが好きだった。ロンドン留学時代、多くの美術館を巡り作品鑑賞をした。美術雑誌『ステューディオ』を愛読し、帰国後も終生定期購読した。また、同時代の多くの画家と親交を持ち、東西の美術について豊かな知識と見識を養った。親交のあった洋画家・浅井忠が明治四十年開設された第一回文展（文部省美術展覧会）の審査委員会委員になったことから、漱石も文展との関わりが深かった。漱石の『文展と芸術』は東京朝日新聞大正元年十月十五日から二十八日に掲載されている。

また、漱石は四十歳代半ばでフランス帰りの津田青楓と親しくなり、自ら本格的に水彩画や水墨画を描き始めている。南画「秋景山水図」（岩波書店所蔵）は、「白雲郷」を連想させ、「即天去私」の心境が伝わってくる佳作である。

漱石は挿絵だけでなく、装丁への関心も深く、ヨーロッパスタイルを取り込んだ。画家橋口五葉、浅井忠、中村不折、津田青楓らに依頼した。『こころ』では自分で装丁を手がけた。

漱石の文学作品には古今東西の画家達や絵画が多く登場する。たとえば、「画工」を主人公とする『草枕』では、ミレイの「オフィーリア」という絵をめぐって話が展開し、作中に伊藤若冲《じゃくちゅう》、長沢蘆雪《ろせつ》といった江戸時代の画家達の名も見える。『三四郎』にはふんだんに絵画のイメージが散りばめられ、絵画小説とも呼ばれている。

漱石は書や絵画に少々自信があり、洋画に関しても一家言《いっかげん》を持っていた。漱石が注目した明治の洋画家に青木繁《しげる》（一八八二〜一九一一）がいる。彼は九州久留米市の生まれで、東京美術学校（現在の東京芸術大学）卒業。在学中から注目を集めたが、二十八歳で夭折《ようせつ》。その青木繁の代表作に名作「海の幸《さち》」がある。それに続く「わだつみのいろこの宮」が東京府勧業博覧会に出品されたのが一九〇七（明治四十）年である。同じ年、四十歳の漱石は、東大教授の座を蹴《け》って朝日新聞社に入社した。漱石明治四十二年作の小説『それから』の一節に、「青木と云ふ人」は青木繁をさし、主人公代助が「わだつみのいろこの宮」を賞賛するコメントがある。

「代助自身は稲荷の鳥居を見ても余り好《い》い心持はしない。出来得るならば、自分の頭丈《だけ》でも可《い》いから、緑《みどり》のなかに漂《ただよ》はして安らかに眠りたい位である。いつかの展覧会に青木と云ふ人が海の底に立つてゐる脊《せ》の高い女を画《か》いた。代助は多くの出品のうちで、あれ丈が好《い》い気持に出来てゐると思つた。つまり、自分もああ云ふ沈んだ落ち付いた情調に居りたかつたからである。」（『それから』五の一）

ミレイがハムレットに典拠《てんきょ》を得て制作した屈指《くっし》の傑作「オフィーリア」に代表されるラファエル前派（文学と絵画の融合）をはじめとする十九世紀イギリスの絵画は、明治時代の日本でも『明星』や『スバル（昴）』などの文芸雑誌に紹介され、青木繁や藤島武二などの美術家や夏目漱石をはじめとする文学者にも影響をあたえた。漱石がロンドン留学をしていた時期に流行していたものである。

11　漱石とクラシック音楽

出会いは人生で決定的に重要な要素を持つことがある。漱石は親友、米山保三郎の助言で文学への道を選び、正岡子規との出会いで俳句にのめりこんだ。寺田寅彦との再会で、哲学や科学・工学への興味・関心が高まり、人間的にも成長し、幅の広い人間に進化することとなる。

幅広い関心の一つとしてクラシック音楽への興味を挙げることができる。漱石は音楽に関する趣味は持たず、前述のとおり謡曲に少しばかり親しむ程度であった。その漱石がクラシック音楽に出会い、作品にも登場させるきっかけを作ったのは寺田寅彦であった。

『吾輩は猫である』にでてくる寒月君は寺田寅彦がモデルと言われている。彼は漱石の弟子で西洋音楽好きでヴァイオリンを弾いたといわれているが、苦沙弥先生が寒月君に倣《なら》って、ヴァイオリンを弾く場面がある。「またあるときはヴァイオリンをブーブー鳴らすが気の毒にはどれも物になっておらん。そのくせやり出すと胃弱のくせにいやに熱心だ」と猫に言わせている。このことからも、漱石は寅彦から影響を受けて西洋音楽に興味を持ったことが分かる。現に漱石は奏楽堂《そうがくどう》で、よくベートーヴェンを聞いたという。『吾輩は猫である』にヴァイオリンが次の様に登場する。

「君はヴァイオリンをいつ頃から始めたのかい。僕も少し習おうと思うのだが、よっぽどむずかしいものだそうだね」と東風君が寒月君に聞いている。

「うむ、一《ひ》と通りなら誰にでも出来るさ」

「同じ芸術だから詩歌《しいか》の趣味のあるものはやはり音楽の方でも上達が早いだろうと、ひそかに恃《たの》むところがあるんだが、どうだろう」

「いいだろう。君ならきっと上手になるよ」

「君はいつ頃から始めたのかね」

「高等学校時代さ。――先生私《わたく》しのヴァイオリンを習い出した顛末《てんまつ》をお話しした事がありましたかね」

「いいえ、まだ聞かない」

「高等学校時代に先生でもあってやり出したのかい」

「なあに先生も何もありゃしない。独習さ」

「全く天才だね」（『吾輩は猫である』十一）

『野分』には音楽演奏会が登場する。音楽会の様子が克明《こくめい》に描写されているので少々長くなるが引用しよう。


「もう時間だ、始まるよ」と活版に刷った曲目を見ながら云う。

「そうか」と高柳君は器械的に眼を活版の上に落した。
一、バイオリン、セロ、ピヤノ合奏とある。高柳君はセロの何物たるを知らぬ。二、ソナタ……ベートーベン作とある。名前だけは心得ている。三、アダジョ……パァージャル作とある。これも知らぬ。四、と読みかけた時拍手《はくしゅ》の音が急に梁《はり》を動かして起った。演奏者はすでに台上に現われている。

やがて三部合奏曲は始まった。満場は化石したかのごとく静かである。右手の窓の外に、高い樅《もみ》の木が半分見えて後ろは遐《はる》かの空の国に入る。左手の碧《みど》りの窓掛けを洩《も》れて、澄み切った秋の日が斜《なな》めに白い壁を明らかに照らす。

曲は静かなる自然と、静かなる人間のうちに、快よく進行する。中野は絢爛《けんらん》たる空気の振動を鼓膜《こまく》に聞いた。声にも色があると嬉《うれ》しく感じている。高柳は樅の枝を離るる鳶《とび》の舞う様《さま》を眺めている。鳶が音楽に調子を合せて飛んでいる妙だなと思った。

拍手がまた盛《さかん》に起る。高柳君ははっと気がついた。自分はやはり異種類の動物のなかに一人坊《ひとりぼ》っちでおったのである。隣りを見ると中野君は一生懸命に敲《たた》いている。高い高い鳶の空から、己《おの》れをこの窮屈《きゅうくつ》な谷底に呼び返したものの一人は、われを無理矢理にここへ連れ込んだ友達である。

演奏は第二に移る。千余人の呼吸は一度にやむ。高柳君の心はまた豊かになった。窓の外を見ると鳶《とび》はもう舞っておらぬ。眼を移して天井《てんじょう》を見る。周囲一尺もあろうと思われる梁の六角形に削《けず》られたのが三本ほど、楽堂を竪《たて》に貫《つら》ぬいている、後ろはどこまで通っているか、頭《かしら》を回《めぐ》らさないから分らぬ。所々に模様に崩《くず》した草花が、長い蔓《つる》と共に六角を絡《から》んでいる。仰向《あおむ》いて見ていると広い御寺のなかへでも這入《はい》った心持になる。そうして黄色い声や青い声が、梁を纏《まと》う唐草《からくさ》のように、縺《もつ》れ合って、天井から降《ふ》ってくる。高柳君は無人《むにん》の境《きょう》に一人坊っちで佇《たたず》んでいる。

三度目の拍手が、断わりもなくまた起る。隣りの友達は人一倍けたたましい敲き方をする。無人の境におった一人坊っちが急に、霰《あられ》のごとき拍手のなかに包囲された一人坊っちとなる。包囲はなかなか已《や》まぬ。演奏者が闥《たつ》を排《はい》してわが室に入らんとする間際《まぎわ》になおなお烈《はげ》しくなった。ヴァイオリンを温かに右の腋下《えきか》に護《まも》りたる演奏者は、ぐるりと戸側《とぎわ》に体《たい》を回《めぐ》らして、薄紅葉《うすもみじ》を点じたる裾模様《すそもよう》を台上に動かして来る。狂うばかりに咲き乱れたる白菊の花束を、飄《ひるが》える袖《そで》の影に受けとって、なよやかなる上躯《じょうく》を聴衆の前に、少しくかがめたる時、高柳は感じた。――この女の楽を聴いたのは、聴かされたのではない。聴かさぬと云うをひそかに忍び寄りて、偸《ぬす》み聴いたのである。
演奏は喝采《かっさい》のどよめきの静まらぬうちにまた始まる。（『野分』四）

また、「オーケストラ」という言葉は『三四郎』に次のように出現する。

「先生はそれからギリシアの劇場の構造を詳しく話してくれた。三四郎はこの時先生から、〔Theatron《テアトロン》, Orchêstra《オルケストラ》, Skêne《スケーネ》, Proskênion《プロスケニオン》〕などという字の講釈を聞いた。なんとかいうドイツ人の説によるとアテンの劇場は一万七千人をいれる席があったということも聞いた。それは小さいほうである。もっとも大きいのは、五万人をいれたということも聞いた。」（『三四郎』十二《 》

内はルビ）

なお、漱石が娘のためにピアノ購入を承諾したことが日記に書かれている。

一九〇九（明治四十二）年六月二十一日（月）日記（ルビは筆者）

「雨。とうとうピヤノを買ふ事を承諾せざるを得ん事になった。代価四百円。『三四郎』初版二千部の印税を以て之に充《あ》つる計画を細君より申し出づ。いやいやながら宜《よろ》しいと云う。

子供がピヤノを弾いたって面白味もなにも分かりやしないが、何しろ中島先生が無暗《むやみ》に買はせたがるんだから仕方がない。」

そのピアノは、六月三十日（水）にピアノの先生中島六郎の指揮のもと座敷に担ぎ込まれ大騒ぎしたと日記に記されている。

12　『文学論』と『文学評論』

『文学論』（一九〇七年）は、序で自ら「尤《もっと》も不愉快の二年なり」としているロンドン留学中に生み出されたものである。漱石が苦渋《くじゅう》に満ちた回想をしているとおり、ロンドン滞在の後半は、この作品の構想を練ることと、資料集めと読書、さらには思索《しさく》に明け暮れた。帰国後もこの仕事を続け、文科大学英文科での「英文学概説」講義の「内容論」部分をまとめたものを出版した。出版二ヶ月前、漱石は東京帝国大学及び第一高等学校に辞表を提出し朝日新聞社入社を決めていた。いわば英文学者漱石への決別の書である。

『文学論』はベルクソン、ウィリアム・ジェームズ、ロイド・モルガンなどの心理学書手法を用いた、理論的色彩の濃い作品である。英文学のわからなさから出発し、漢文学と英文学、文芸と科学の比較をしながら、文学に科学的・客観的にせまり、「文学的内容の形式は（F＋f）なることを要す。Fは焦点的印象又は観念を意味し、fはこれに附着する情緒を意味す」（『文学論』第一編）として、文学作品を「認識的要素」と「情緒的要素」で捉えようとしている。文学一般を貫く原理の発見を目指した五編からなるものである。しかし、漱石自身結局虚しい営みであったと気付いて、『私の個人主義』のなかで、「文学論は～失敗の亡骸《なきがら》です。しかも畸形児《きけいじ》の亡骸です」と述べている。

『文学評論』（一九〇九年）は、東京帝国大学文科大学で「英文学概説」のあと「十八世紀英文学」の講義内容をもとにしたものである。十八世紀前半の英文学の特徴を論じ、文学の知的鑑賞の対象として、イギリスジャーナリズムの祖とされ、『スペクテーター』誌にエッセーを書いているアディソン、『ガリヴァー旅行記』のスウィフト、詩人で『愚者列伝』などの著書で知られるポープ、『ロビンソン・クルーソー』のデフォーの四人を取り上げ論じた十八世紀英文学の作家・作品論でもある。その序言の中で文学鑑賞の態度は、結論的に言えば、第一に「鑑賞的態度」、第二に「非鑑賞的ないしは批評的態度」、第三に、漱石が最も高く評価する「批評的鑑賞の態度」、の三つに大別されるとしている。

13　漱石の教育論

夏目漱石は教育論として、①『中学改良策』（明治二十五年）、②『General Plan』（明治二十七年?）、③『福岡佐賀二県尋常中学参観報告書』（明治三十年）、④『語学養成法』（明治四十四年）の四編を書いている。

①『中学改良策』（明治二十五年）

漱石が二十五歳の時、帝国大学（後の東京帝国大学）三年時に文科大学教育学論文として書いたもので、知育、徳育、体育の改善策について述べた論文である。外国語の教授に関しては「良教師を得る事」（徳性と学識重視）と「教授法を改むる事」が大切であると主張している。「第三編　第二　教師の改良」の中で、教師の資格として徳性と学識をそなえていることを強調している。この論文は現今の初任者研修制度の先取りをしている卓見であるといえる。また、「第三　生徒の改良」の中では次のように自らの学力に対する謙虚さと誠実さがあらわれている。

「先づ是《これ》を改良するに二法あり一は良教師を得る事二は其《その》教授法を改むる事なり教師を得るの法は前篇教師の資格と云へる處《ところ》にて既に之《これ》を述べしが如《ごと》く文科大學卒業生か（純正文學專門のもの尤《もっと》もよし）或は今の高等師範學校生徒の外國語の智識を一層高めたる上之《これ》を中學に赴任《ふにん》せしむべし尤《もっと》も外國語の六《む》づかしきは前に述べたる通りなればかくの如《ごと》く格別の目的を以《もっ》て製造したる教師と雖《いえ》ども決して完全の良教師と云ふべからず現《げん》に吾知友中《わがちゆうのなか》英語を正しく發音し得るもの甚《はなは》だ寡《すく》なし余の如《ごと》きは英文學を以て專門となすものながら將來英語の教師たるに適せる學力なきは常に慨嘆《がいたん》する所なり」（『中学改良策』第三編第二）

②『General Plan』（明治二十七年？）

高等師範学校校長嘉納治五郎から依頼された「尋常中学英語教授法方案」（明治二十七年）の草稿と思われる。英語教授法に絞って英語で書かれたもので、口頭練習を重視し、学年別使用教科書も掲げている。会話読本として「正則文部省英語読本」を高く評価している。

③『福岡佐賀二県尋常中学参観報告書』（明治三十年）

福岡・佐賀両県の尋常中学校で英語の授業を参観し、その際の使用教科書や教授法と漱石の評価などが記載されていて、『中学改良策』以来の持論が開陳《かいちん》されている。漱石の授業評価から「読方、発音、揚音」など音声面と統合的指導を重視していることがうかがえる。

④『語学養成法』（明治四十四年）

雑誌『学生』掲載の談話であるが、停滞していた英語教育を改善するため大学英文科志望の生徒を第一高等学校のひとつのクラスに集め英語教員養成の特別クラスにすることと、定期的に教師に試験を課すという斬新《ざんしん》な発想をしている。しかし、この新しい考え方は教育現場で実現することはなかった。教師に試験を課すということは先見の明があるというか、今日の免許更新制度や教員評価のようなものが必要と漱石は考えていたのだろうか。

以上のとおり、漱石は実地調査や参観をもとに独自の教育論を展開している。教材も含めて具体的な教育の改善策を論じていて説得力がある。また、漱石の英語教育論は一貫して教員の資質の向上と人間教育を重視しているのが特徴である。

漱石の英語教師としての経歴をまとめると次のようになる。二十五歳で大学の学費を稼ぐため東京専門学校（現・早稲田大学）で講師をし、大学卒業後二十六歳の時東京高等師範学校教授嘱託、二十七歳の時は東京高師教授となったものの神経衰弱に陥《おち》いる。二十八歳で愛媛尋常中学（松山中学）嘱託教員、二十九歳で結婚し、第五高等学校（熊本）講師から教授となる。三十三歳で現職のまま英国留学、英国から帰国後三十六歳で第一高等学校講師と東京帝国大学講師、三十七歳から四十歳の三月まで一高・東京帝国大学講師に加え明治大学講師も勤めた。漱石は約十五年間英語教師であったが、文献・資料などから、超然とした態度ながら明快な教え方で面倒見よく、感性豊かな教師であったと思われる。しかし、大学時代の論文できわめて厳しい責務を果たせる教師の養成を求めたがゆえに、「余は教育者に適せず〜」（『愚見数則』明治二十八年）にみられるように、教職についてまもなく、誠実で自らに厳しい漱石は、教師の適性がないと自認するようになった。次代を担う若者を育成する教育を真剣に考え、自らの理想とする英語教育を追求しつつも、資質に欠ける自分がこのまま教壇に立ち続けてよいかと良心の呵責《かしゃく》にさいなまれるようになった。四十歳の時に、東大教授会の権威主義に嫌悪感をいだき、一切の教職を辞する決断をした。前述したように、明治四十四年には権威主義や肩書きを嫌う反骨精神故に、『博士問題の成行』（明治四十四年）に見られるように「文学博士号」を辞退することにもなる。

14 漱石の読書・英語学習法

読書は、自分を知り、心を鍛え、視野を広げる点で大切であり、自己形成への王道である。読書で一般的な常識や知識、人間として社会で生きる知恵を獲得する。また、読書（多読）は外国語習得に大変効果的である。語彙《ごい》力や表現力が豊かになり、基礎力と高度な運用力を身につけるためにも多読と速読は必要条件である。

夏目漱石は学生時代、英語学習で知的好奇心旺盛《おうせい》に多読した体験を語っている。

「又、英語は斯《こ》ういう風にやったらよかろうという自覚もなし、唯《ただ》早く、一日も早くどんな書物を見ても、それに何が書いてあるかということを知りたくて堪《たま》らなかった。それで謂《い》わば矢鱈《やたら》に読んで見た方であるが、それとて矢張り一定の時期が来なければ、幾ら何と思っても解らぬものは解る道理がない。又、今のように比較的書物が完備していたわけでないから、多く読むと云っても、自然と書物が限られている。先《ま》ず自分で苦労して、読み得るだけの力を養う外《ほか》ないと思って、何でも矢鱈《やたら》に読んだようであるが、その読んだものも重《おも》にどういうものか、今判然と覚えていない。そうこうしている中に予科三年位から漸々《だんだん》解るようになって来たのである。」（談話「一貫したる不勉強―私の経過した学生時代」（三）・初出『中学時代』明治四十二年一月一日）

夏目漱石が二年間の留学時代で読破した原書は、その数なんと五百冊といわれている。多読が更なる進化の原動力となった。読書について、次のように多読・速読と繰り返しを推奨している。

「多読せよ

英語を修むる青年はある程度まで修めたら辞書を引かないで無茶苦茶に英書を沢山読むがよい、少し解らない節があって其処は飛ばして読んでいってもドシドシと読書していくと終いには解るようになる、又前後の関係でも了解せられる、其れでも解らないのは滅多に出ない文字である、要するに英語を学ぶ者は日本人がちょうど国語を学ぶような状態に自然的習慣によってやるがよい、即ち幾変となく繰り返し繰り返しするがよい、ちと極端な話のようだが之も自然の方法であるから手当たり次第読んでいくがよかろう。彼の難句集なども読んで器械的に暗唱するのは拙い、殊に彼のようなものの中から試験問題等出すというのはいよいよつまらない話である、何故ならば難句集などでは一般の学力を鑑定することは出来ない、学生の綱渡りが出来るか否やを視るぐらいなもので、学生も要するにきわどい綱渡りはできても地面の上が歩けなくては仕方のない話ではないか、難句集というものは一方に偏していわば軽業の稽古である。試験官などが時間の節約上且つは気の利いたものを出したいというのであんな者を出すのは、ややもすると弊害を起こすのであるから斯様なもののみ出すのは宜しくない。」（『現代読書法』明治三十九年九月十日）

15　社会評論家としての漱石

漱石は小説家としての顔の他、社会評論家の顔を持っている。『吾輩は猫である』や『倫敦《ロンドン》塔《とう》』などで五十年先、百年先を予言的に語り文明批判をしている。文明批評、社会評論は講演という形で直接語りかけた。その講演集をまとめて本にする時、漱石は「社会と自分」とタイトルを付けている。小説家といえども当然のことながら社会と関わって生きている。学生相手の他、公会堂などで一般大衆にも講演をしている。絶妙な語り口とユーモアで評判がよかったという。一般向けは朝日新聞関係で行われたものが多いが、いずれも日本の近代化、文明開化の矛盾《むじゅん》を解きほぐして語り、鋭い文明批評になっている。特に『現代日本の開花』は漱石の思想の核心とされている。講演を列挙すると以下のとおりである。

「倫敦のアミューズメント」（明治三十八年三月十一日・明治大学）
「文芸の哲学的基礎」（明治四十年四月二十日・東京美術学校）
「創作家の態度」（明治四十一年二月十五日・東京青年会館）
「趣味に就いて」（明治四十二年九月十七日・営口・日本倶楽部）
「教育と文芸」（明治四十四年六月十八日・長野県会議事院）
「無題」（明治四十四年六月十九日・新潟県高田中学校）
「我輩の観た『職業』」（明治四十四年六月二十一日・長野県諏訪中学校）
「文芸と道徳」（明治四十四年六月二十八日・東京帝大山上御殿）
「道楽と職業」（明治四十四年八月十三日・明石公会堂）
「現代日本の開花」（明治四十四年八月十五日・和歌山県会議事堂）
「中味と形式」（明治四十四年八月十七日・堺高等女学校）
「文芸と道徳」（明治四十四年八月十八日・大阪中之島公会堂）

「模倣と独立」（大正二年十二月十二日・第一高等学校）
「無題」（大正三年一月十八日・東京高等工業学校）
「私の個人主義」（大正三年十一月二十五日・学習院輔仁会）

筆者のこころに残る言葉をいくつか列挙しよう。

『道楽と職業』で、「人のためにというのは、人の言うがままにとか、欲するがままにというといわゆる卑俗の意味で、もっと手短に述べれば人の御機嫌を取ればという位のことに過ぎんのです。人にお世辞を使えばといい変えても差支えない位のものです。」と商業的営利観に疑問をなげかけている。

『文芸の哲学的基礎』のなかでは、「吾々の命は意識の連続であります。」、「発達した理想と完全な技巧と合した時に、文芸は極致に達します。」、「ひま人と云うのは世の中に貢献する事のできない人を云うのです。」

『現代日本の開花』では、「開花は人間活力の発現の経路である。……人間活力の発現上積極的（勢力の消耗）と消極的（勢力の消耗を出来るだけ防ごうとする活動と工夫）がある」、

「……我々の遣《や》っている事は、内発的でない、外発的である。……現代日本の開花は皮相上滑りの開花であるという事に帰着するのである。」

『中味と形式』では、「……物の内容を知り尽くした人間、中味の内に生息している人間はそれほど形式に拘泥《こうでい》しないし、また無理な形式を喜ばない傾《かたむき》があるが、門外漢になると中味が分からなくてもとにかく形式だけは知りたがる、そうしてその形式が如何にその物を現すに不適当であってでも何でも構わずに一種の知識として尊敬するという事になるのです。」（形式だけや、二者択一はおろかな発想で、「物には反面がある、両面を見よ」と弟子達に教えた（『夏目漱石』森田草平著）ことと共通している〈筆者注釈〉）

『文芸と道徳』では、「一遍過ぎ去ったものは決して繰り返されないのです。……そう見えるのは素人《しろうと》だからである。」（歴史は繰り返さない〈筆者注釈〉）

『模倣と独立』では、「こころの発展はそのインデペンデントという向上心なり、自由という感情からくるので、われわれもあなた方もこの方面に修養する必要がある。」、「（模倣と独立）両方が大切である、どっちも大切である。人間には裏と表がある。……」

『私の個人主義』の論旨は、①自己個性の発展と他人の個性尊重、②権力と義務、③金力と責任〈以上筆者要約〉の三か条に帰着するとしている。漱石の「自己本位」・「個人主義」は、自分と他人の個性を尊重し、社会で生きるために倫理的修養を積むことである。二十一世紀の現代でもその思想的重要性を失っていない。『私の個人主義』は、アンリ・ベルクソンの過去観や時間概念を敷衍《ふえん》しつつ真の「自己」確立の方向性を見定めようとしたものである。ベルクソンについて『思い出す事など』に次のような記述がある。

「ことに教授が仏蘭西《フランス》の学者ベルグソンの説を紹介する辺《あた》りを、坂に車を転がすような勢《いきおい》で馳《か》け抜けたのは、まだ血液の充分に通いもせぬ余の頭に取って、どのくらい嬉しかったか分らない。余が教授の文章にいたく推服したのはこの時である。（中略）ジェームス教授の哲学思想が、文学の方面より見て、どう面白いかここに詳説する余地がないのは余の遺憾《いかん》とするところである。また教授の深く推賞したベルグソンの著書のうち第一巻は昨今ようやく英訳になってゾンネンシャインから出版された。その標題は Time and Free Will（時と自由意思）と名づけてある。著者の立場は無論故教授と同じく反理知派である。」（『思い出す事など』三（）内は筆者注）

ベルクソンは自然科学的世界観に反対し、物理的時間概念と純粋持続としての体験的時間

（「心理的時間」（流れつつある時間））を対立させ、経験的内面的自由、精神的なものの独自性を明らかにしている。数と時間の概念に関して、漱石は日記に次のように記している。

一九一一（明治四十四）年六月二十八日（水）日記
「○昨日ベルグソンを読み出して「数」の篇に至ったら六《む》づかしいが面白い。もっと読みたいが今日は講演の顔をと、のへる都合があって見合わせる」

一九一一（明治四十四）年七月一日（土）日記
「ベルグソンの「時間」と「空間」の論をよむ」

16　漱石と病気（「神経衰弱」、うつ病、胃潰瘍など）

漱石は幼い頃疱瘡《ほうそう》・天然痘《てんねんとう》にかかっており、自分の容姿に劣等感を抱いていたらしい。しかし、写真家が気を利かせたため、今残っている写真にはその跡が見受けられないという。

漱石は歳を重ねるにつれて病気がちになり、肺結核（一八九四（明治二十七）年二月結核の徴候があり療養につとめる）、トラホーム、「神経衰弱」、うつ病、痔、糖尿病、命取りとなった胃潰瘍まで、数多くの病気を抱えていた。『硝子戸の中』で直接自身の病気に言及し、『吾輩は猫である』の苦沙弥《くしゃみ》先生が胃弱だったり、『明暗』が痔の診察の場面で始まっていたりするなど、小説にも自身の病気を下敷きにした描写が見られる。「酸多き胃を思ひてや秋の雨」（一九〇七（明治四十）年）、「秋風やひびの入りたる胃の袋」（一九一〇（明治四十三）年）など、病気を題材にした句も多数ある。胃弱が原因で頻繁に放屁《ほうひ》をし、その音が破れ障子に風が吹き付ける音にそっくりだったことから、「破障子《はしょうし》」なる落款《らっかん》を作って使用していたことがある。

胃弱であるにもかかわらずビーフステーキなどの脂《あぶら》っこい食事を好み、療養中には当時、貴重品だったアイスクリームを欲しがり周囲を困らせたり、当時出回り始めたジャムもお気に入りで毎日のようになめて、医師に止められるほどであったという。

また、漱石は前述のとおり生前「神経衰弱」やうつ病を患《わずら》っている。「神経衰弱」（Neurasthenia, nervous exhaustion）は現在学問的にも日常的にもほとんど使われていないが、一八六九（明治二）年にアメリカの医師、ジョージ・ミラー・ビアードが神経症の一つの類型として命名した病名であるという。心身の疲労感、頭痛、めまい、集中力の欠如、不眠、性欲の減退、食欲不振、神経過敏などの、文字どおり、神経の疲労困憊《こんぱい》の症状である。ロンドン留学中の漱石は妻あての手紙に何度か自分が「神経衰弱」で苦しんでいることを記している。また、『断片』（明治三十八年）で、「Self-consciousness の結果は神経衰弱を生ず。神経衰弱は二十世紀の共有病なり」、『虞美人草』（十二）で「神経衰弱は文明の流行病である」などと記述している。「神経衰弱」にかわって使われたのが「ノイローゼ」（神経症。近年ではうつ病に移行するケースも多いといわれる）と言う言葉であるが、当時のエリート層の一員で、最上級のインテリでもあった漱石の生涯及び作品に対していかに影響を及ぼしているのかに関して、精神医学者の格好の研究対象となり、実際にこれを主題にした学術論文がいくつか発表されているそうである。

17　漱石の評価（日本の文豪から世界の文豪へ）

何万の単位といわれる漱石研究書が世に出され「漱石学」さえ存在する日本での絶大な名声や評価と比較すると、海外、とりわけ欧米での知名度はそれほど高いとはいえない。中国や韓国では近代アジアを代表する作家として比較的よく知られている。カナダのピアニスト、作曲家グレン・グールド（Glenn Herbert Gould、一九三二～一九八二）はアラン・ターニーによる英訳で『草枕』を愛読しており、自らラジオ番組で朗読したことがある。アメリカの女流作家・批評家スーザン・ソンタグ（Susan Sontag、一九三三年一月十六日～二〇〇四年十二月二十八日）は『Where the Stress Falls』のなかで「天才的な多芸な作家」と高く評価している。また、イギリスの文芸評論家ダミヤン・フラナガン（Damian Flanagan、一九六九～）は、世界二大文学者はシェークスピアと夏目漱石であると『世界文学のスーパースター夏目漱石』（講談社インターナショナル）のなかで述べている。

タトル社などからいくつかの作品が英訳版で出されている。二〇〇八年七月にKusamakura（『草枕』）がペンギン・クラシックスに登場し、二〇〇九年十一月にはSanshiro（『三四郎』）、二〇一〇年五月にはKokoro（『こころ』）、二〇一一年十月にはBotchan（『坊っちゃん』）が続刊されている。夏目漱石は進化を続けて、世界文学への扉《とびら》が開かれようとしている。世界の文豪のひとりといわれる日が来るかもしれない。

第三章　漱石が愛した文人や門下生

夏目漱石は人間関係を大切にし、多くの人々との交流の中で強い影響を受け、また影響を与えた。本章では夏目漱石が愛し、強い影響を受けた文人として森鷗外《おうがい》と正岡子規に焦点をあてる。また、夏目漱石の門下生として代表的なのは、安倍能成《あべよししげ》、小宮豊隆《とよたか》、鈴木三重吉《みえきち》（阿部次郎とする説もある）、森田草平《そうへい》で、四天王と称されている。それに加えて、漱石と四天王が中心となって開いた木曜会に馳《は》せ参《さん》じた文士がいわば漱石門下とされ、後に英文学者で評論家の本多顕彰《ほんだあきら》によって「漱石山脈」と命名された。ここでは、安倍能成、小宮豊隆、鈴木三重吉、森田草平、寺田寅彦《とらひこ》、松岡譲《ゆずる》、和辻哲郎《わつじてつろう》、松根東洋城《とうようじょう》を個別に取り上げる。阿部次郎については次章「漱石と東北」の中で述べる。

1　漱石と鷗外《おうがい》と子規との三角関係

森鷗外（本名・森林太郎）は漱石や子規の五歳上で、一八六二（文久二）年に津和野藩

（現・島根県津和野町）の藩医の長男として生まれた。一八七二（明治五）年に上京し、一八八一（明治十四）年、十九歳で東京大学医学部を卒業した。その後陸軍に入隊し、明治十七年から衛生学研究のためドイツに留学した。鷗外は明治二十一年の秋に帰国し、しばらく下谷区上野花園町（現・台東区池之端三丁目）に住んだ。明治二十三年十月から本郷区駒込千駄木町住まい（現・文京区向丘二丁目、十三年後に漱石が約三年間住んだ）に、明治二十五年一月からは、同二十一番地（現・文京区千駄木一丁目二十三—四）に居を構え、以来三十年にわたり家族とともに住んだ。その二階から東京湾がみえたことから、鷗外は「観潮楼《かんちょうろう》」と名づけた。鷗外は与謝野鉄幹の「新詩社」系と正岡子規の系譜「根岸」派との歌壇内対立を見かね、明治四十年三月から両派の代表歌人をまねいて観潮楼歌会（短詩会）を催した。以後「観潮楼」には与謝野鉄幹、伊藤左千夫、佐佐木信綱、石川啄木、斎藤茂吉など多くの文人が集うこととなる。

軍医としての仕事のかたわら、鷗外はこの地で『青年』『雁』などの小説、翻訳、詩歌、戯曲など多くの著作を発表した。小説家・詩人・劇作家・文芸評論家などとして幅広く活躍し、夏目漱石と並んで近代文学史に不動の足跡をのこした明治の文豪の一人である。

ここで漱石、鷗外、子規、三人の接点について述べよう。明治二十八年、日清戦争の従軍記者として中国へ渡った正岡子規は、軍医部長として従軍していた鷗外と戦地で一緒になり、二人は毎日のように文学談義に花を咲かせた。子規と鷗外との交友は日本へ帰ったあとでも続いた。翌明治二十九年の正月に子規庵で第一回の俳句会が催された。夏目漱石、内藤鳴雪、高浜虚子、五百木瓢亭、河東可全が参加し、第二回には森鷗外、河東碧梧桐らが加わった。子規、漱石、鷗外の三人が揃ったのはこの第二回目だけであろう。運座《うんざ》の席では、鷗外が最高点をとった。そのときの主なメンバーの句は、次のとおりである。

おもひきって出で立つ門の霰《あられ》かな　鷗外
雨に雪霰《あられ》となって寒念仏　漱石
面白う霰《あられ》ふるなり鉢叩　虚子

記録によれば、漱石と鷗外は初対面で、両者は表面冷ややかで無関心を装い、言葉をかわすことはなかったという。鷗外と漱石の親しい交友は生まれず、互いに敬意を抱いていたと思われる。

俳句会以来、鷗外は子規の周辺の人びととも親しく交流するようになった。鷗外は、子規や高浜虚子らと一緒に句作を試み、また自らが主宰する文芸誌の俳句欄を子規や虚子に任せるなど、子規派の俳句革新運動に大きな関心を寄せ、また子規も、鷗外が創刊した雑誌『めさまし草』に一門を挙げて俳句や評論を寄稿して花を添えた。こうした子規と鷗外二人の交友は、鷗外が小倉に転勤する明治三十二年まで続いた。その間柄は親しき中にも礼儀ありといったもので、漱石や虚子に対してはお山の大将ぶりを発揮した子規も、五歳年長の鷗外に対しては礼儀を持って接していた。

一八九二（明治二十四）年、夏目漱石が正岡子規にあてた手紙の中で、鷗外の著作に関する記述がある。

鷗外の作ほめ候とて図《はか》らずも大兄の怒りを惹《ひ》き申訳も無之《これなく》、これも小子嗜好《しこう》の下等なる故と只管《ひたすら》慚愧《ざんき》致《いたし》をり候。元来同人の作は僅《わず》かに二短編を見たるまでにて全体を窺《うかが》ふ事かたく候得ども、当世の文人中にては先《ま》づ一角《ひとかど》ある者と存《ぞん》じをり候ひし。試みに彼が作を評し候はんに結構を泰西《たいせい》に得、思想をその学問に得、行文は漢文に胚胎《はいたい》して和俗を混淆《こんこう》したる者と存候。右等の諸分子相聚《あいあつま》つて小子の目には一種沈鬱《ちんうつ》奇雅の特色あるやうに思はれ候。尤《もっと》も人の嗜好は行き掛りの教育にて（仮令《たと》ひ文学中にても）種々なる者故己《おの》れは公平の批評と存候ても他人には極めて偏屈な議論に見ゆる者に候得ば、小生自身は洋書に心酔致候心持はなくとも大兄より見ればさやうに見ゆるも御尤《ごもっと》もの事に御座候。

鷗外の「二短編」とは、『舞姫』『うたかたの記』『文づかひ』のうちの二つである。『舞姫』について漱石は絶賛するが、子規は「愚にもつかない」と酷評した。

漱石が英文学の研究から執筆活動へと移っていったのも、鷗外の存在があったことが理由の一つであったと思われる。漱石は鷗外を尊敬し、朝日新聞の用事で手紙を貰った時にはわざわざ日記に大書しているほどである。時の文学界を代表する大作家二人はお互いに尊敬しあっていたことは漱石の伝記や次の鷗外宛て書簡（明治四十四年正月）からも推察できる。

修善寺にて病気の節はわざゝ御見舞を忝《かたじけな》ふし拝謝《はいしゃ》の至《いたり》帰京後はとくに貴著を給《たま》はり
是亦《これまた》深く御礼申上候参上《さんじょう》の上親しく御高話も可承《うけたまわる》の処未だに在院中にて諸事不如意《しょじふにょい》
今度出版の拙著*森田氏に託《たく》し左右《さゆう》に呈《てい》し候御蔵書《ぞうしょ》中に御加え被下候《くだされそうら》はば幸甚《こうじん》に候《そうろう》　艸々
頓首
（*拙著とは『門』である。注とルビは筆者）

明治維新直前の日本に生まれた漱石と鷗外は、外国に留学しただけでなく同時期に九州に住んだり、人生で重なり合う点が多い不思議な関係を持っている。鷗外が高踏派（ロマン主義）、漱石が余裕派（反自然主義）と呼ばれ、二人とも自然主義が盛んな当時の文壇とは一線を画《かく》しながら後世に多大な影響を与える作品を世に送りだした。鷗外は『舞姫』『うたかたの記』などで文壇に地位を確立し、軍医部長として日清・日露戦争に従軍した後に『ヰタ・セクスアリス』『阿部一族』『山椒大夫』『高瀬舟』など近代文学の名作を著わした。しかし、鷗外の明治大正期における小説家としての評価は必ずしも高くなく、漱石のように出す作品が全てベストセラーという訳でもなかった。

2　漱石と正岡子規《まさおかしき》

正岡子規（一八六七年十月十四日（慶応三年九月十七日）～一九〇二（明治三十五）年九月十九日））は俳人・歌人・国語学研究家である。名は常規《つねのり》。幼名は処之助《ところのすけ》で、のちに升《のぼる》と改めた。俳句・短歌・新体詩・小説・評論・随筆など多方面で創作活動を行い、日本の近代文学に多大な影響を及ぼした、明治時代を代表する文学者のひとりである。

漱石と交友が始まった明治二十二年五月九日、正岡子規は突然の喀血によって雅号を「子規」と号した。子規は時鳥《ほととぎす》の異称を持ち、時鳥は当時死病とみなされていた結核の代名詞である。当時医師から肺病と診断されショックを受け、四、五十句の時鳥《ほととぎす》の句を作っている。その後亡くなるまでの約七年間、闘病生活は続いた。

漱石は、同《おな》い年である正岡子規との出会いで俳句の世界に入った。漱石と子規が東京大学予備門（一高の前身）に入学したのは共に明治十七年九月であるが、当初は英語のできる同学年のひとりとして互いを意識していた。子規と漱石の親しい交友は一八八九（明治二十二）年一月、寄席《よせ》通いから始まる。漱石と正岡子規との交際を物語る漱石の文章がある。

「（子規は）非常に好き嫌いのあった人で、滅多《めった》に人と交際などはしなかった。僕だけどういうものか交際した。一つは僕の方がええ加減に合わして居ったので、それも苦痛なら止めたのだが、苦痛でもなかったから、まあ出来ていた。こちらが無暗《むやみ》に自分を立てようとしたら迚《とて》も円滑な交際の出来る男ではなかった。例えば発句などを作れという。それを頭からけなしちゃいかない。けなしつつ作ればよいのだ。策略でするわけでも無いのだが、自然とそうなるのであった。つまり僕の方が人が善《よ》かったのだな。今正岡が元気でいたら、余程《よほど》二人の関係は違うだろうと思う。尤《もっと》も其他、半分は性質が似たところもあったし、又半分は趣味の合っていた処もあったろう。も一つは向うの我とこちらの我とが無茶苦茶に衝突もしなかったのでもあろう。忘れていたが、彼と僕と交際し始めた一つの原因は、二人で寄席《よせ》の話をした時、先生も大に寄席通を以《もっ》て任じて居る。ところが僕も寄席の事を知っていたので、話すに足るとでも思ったのであろう。それから大《おお》に近よって来た。」
（「正岡子規」『漱石全集』岩波書店）

それをきっかけに正岡子規は漱石に、大きな文学的かつ人間的な影響を与えることになる。明治二十二年五月二十五日、子規は漢詩文集『七草集』を発表するが、その巻末には漱石が漢文で批評を寄せている。以後本格的な文学的親交が始まった。この批評で初めて「漱石」という号を用いている。漱石の優れた漢文や漢詩を見て、子規はその才能に驚いたという。明治二十二年九月、房州（房総半島）を旅したときの模様を漢文でしたためた漱石の房総紀行「木屑録《ぼくせつろく》」の批評を子規に求めるなどし、さらに交流を深めた。「木屑録」の「あとがき」で子規は、「余、吾兄を知ること久し。而れども吾兄との交はりは、則ち今年一月に始まれり」と記している。

松山で漱石が下宿していた「愚陀仏庵」に滞在した五十日ばかりこの間、子規は松山の俳句愛好家「松風会」の人々に囲まれ、俳諧を作り論じあった。漱石もその輪に加わり、俳句をひねるようになった。その出会いと様子を次のように述べている。

「なんでも僕が松山に居た時分、子規は支那から帰って来て僕のところへ遣《や》って来た。自分のうちへ行くのかと思ったら、自分のうちへも行かず親族のうちへも行かず、此処《ここ》に居るのだという。僕が承知もしないうちに、当人一人で極《き》めて居る。御承知の通り僕は上野の裏座敷を借りて居たので、二階と下、合せて四間あった。上野の人が頻《しき》りに止める。正岡さんは肺病だそうだから伝染するといけないおよしなさいと頻《しき》りにいう。僕も多少気味が悪かった。けれども断わらんでもいいと、かまわずに置く。僕は二階に居る、大将は下に居る。其うち松山中の俳句を遣《や》る門下生が集まって来る。僕が学校から帰って見ると、毎日のように多勢来て居る。僕は本を読む事もどうすることも出来ん。尤《もっと》も当時はあまり本を読む方でも無かったが、兎《と》に角《かく》自分の時間というものが無いのだから、止むを得ず俳

句を作った。」（「正岡子規」『漱石全集』岩波書店）

正岡子規は明治三十年前後に仲間の俳人たちを食べ物にたとえている。子規は漱石に「柿」のあだなをつけ、次のように説明している。

「ウマミ沢山
マダ渋ノヌケヌノモマジレリ」（『発句譬喩品《ほっくひゆぼん》』）

漱石は当為即妙な俳風をもち、漢詩文を基礎的教養としていたので、実に多くの漢語を用いている。漢文に自信を持っていた漱石も、子規の漢詩のうまさに関してはこう記している。

「又正岡はそれより前漢詩を遣《や》っていた。それから一六風か何かの書体を書いていた。其頃僕も詩や漢文を遣っていたので、大にかれの一粲《いっさん》を博した。僕が彼に知られたのはこれが初めであった。或時僕が房州に行った時の紀行文を漢文で書いて其中に下らない詩などを入れて置いた、それを見せた事がある。処が大将頼みもしないのに跋《ばつ》を書いてよこした。何でも其中に、英書を読む者は漢籍が出来ず、漢籍の出来るものは英書は読めん、我兄の如きは千万人中の一人なりとか何とか書いて居った。処が其大将の漢文たるや甚《はなは》だまずいもので、新聞の論説の仮名を抜いた様なものであった。けれども詩になると彼は僕よりも沢山《たくさん》作って居り平仄《ひょうそく》も沢山《たくさん》知って居る。僕のは整わんが、かれのは整って居る。漢文は僕の方に自信があったが、詩はかれの方が旨《うま》かった。尤《もっと》も今から見たらまずい詩ではあろうが、先《ま》ず其時分の程度で纏《まとま》ったものを作って居ったらしい。たしか内藤さんと一緒に始終《しじゅう》やって居たかと聞いてゐる。」（「正岡子規」『漱石全集』岩波書店）

漱石は俳句について次のように述べている。

「俳諧の趣味ですか、西洋には有りませんな。川柳といふやうなものは西洋の詩の中にもありますが、俳句趣味のものは詩の中にもないし、又それが詩の本質を形作つても居ない。日本獨特《どくとく》と言つてい丶でせう。一體《いったい》日本と西洋とは家屋の建築装飾なぞからして違つて居るので、日本では短冊のやうな小さなものを掛けて置いても一の装飾になるが、西洋のやうな大きな構造ではあんな小《ち》ぽけなものを置いても一向目に立たない。俳句に進歩はないでせう、唯変化するだけでせう。イクラ複雑にしたつて勸工場のやうにゴタ〳〵並べたてたつて仕様がない。日本の衣服が簡便である如く、日本の家屋が簡便である如く、俳句も亦簡便なものである。」（「西洋にはない」『漱石全集』第三十四巻　岩波書店）

一高卒業後、二人はともに帝国大学に進み、漱石は英文学、子規は哲学と国文学の道を歩んだ。しかし子規は大学を中退する。漱石は子規のために随分と心配してやったが、子規の方はさばさばしたもので、陸羯南《くがかつなん》の発行する新聞「日本」の記者になって、そこを舞台に精力的に俳句を発表するようになった。漱石は一八九二（明治二十五）年五月あたりから東京専門学校（現在の早稲田大学）の講師をして自ら学費を稼ぎ始める。漱石と子規は早稲田の辺を一緒に散歩することもあり、子規は自らの随筆『墨汁一滴』で「この時余が驚いた事は、漱石は我々が平生喰ふ所の米はこの苗の実である事を知らなかったといふ事である」と述べている。その年の夏、漱石と子規は連れ立って関西旅行をしている。子規が郷里の松山に帰るのに便乗して、漱石も亡くなった次兄の妻小勝の実家を訪ねて岡山に行くことにしたのだった。この時、二人で京都や大阪に遊び、互いに友情を深めたと思われる。

さて、松山での共同生活の後、東京へ帰った子規は脊椎《せきつい》カリエスのために床に伏しがちになり、漱石のほうは松山中学から熊本の高校へ転じたりして、二人が顔を合わせることは難しくなった。結婚を知らせる正岡子規あての葉書に書かれた漱石の一句がある。

衣も更へて京より嫁を貰ひけり（明治二十九年）

この一句をはじめとし漱石は夫人を詠んだ句をかなり多く作っている。往復書簡を通じて互いに励ましあうようになるが、漱石が作った俳句を子規に贈り、それに子規が添削を加えるということが多かった。二人が最後に会うのは明治三十三年、漱石がイギリス留学に出発するに際して、子規に別れを言いに行った時であった。その時子規は餞別として次の句を漱石に贈っている。

萩すすき来年あはむさりながら（明治三十三年）

子規も漱石も、これが最後の別れとなることを覚悟していたに違いない。それがこの句から伝わってくる。

漱石のロンドン滞在中、子規は漱石にあてて二度しか手紙を出していない。死が差し迫っていた子規には余裕がなかったのだろう。一方、漱石のほうもロンドンでの暮らしが性にあわず、重い神経衰弱にかかっていた。明治三十四年十一月、子規はロンドンの漱石に次のような手紙を書いている。生涯最後の手紙は読むものの胸を打つものがある。

「僕はもーだめになってしまった、毎日訳もなく号泣して居るやうな次第だ。……僕が昔から西洋を見たがって居たのは君も知ってるだろー。それが病人になってしまったのだから残念でたまらないのだが、君の手紙を見て西洋へ往たやうな気になって愉快でたまらぬ。

若し書けるなら僕の目の開いているうちに今一度一便よこしてくれぬか（無理な注文だが）……僕はとても君に再会することは出来ぬと思ふ。万一出来たとしても其時は話も出来なくなってるだろー。実は僕は生きているのが苦しいのだ。……書きたいことは多いが苦しいから許してくれ玉へ。」（「子規の漱石宛書簡」明治三十四年十一月六日）

この手紙に接した漱石は、子規にあてて返事を書かなければならないと思いながら、自身の不調も理由にして、ついにその機会を得ないまま子規が死んだという知らせを聞いた。漱石の手紙を待ちながら一九〇二（明治三十五）年九月十九日、正岡子規は三十五歳の若さで亡くなる。このことは漱石の心に深い後悔の念として残ったであろう。漱石は別な形で子規に別れの言葉を贈っている。子規没後の明治三十九年『吾輩は猫である』中篇を出版するに際して序文を付し、そのなかで子規に対して哀悼《あいとう》の気持ちを述べたのである。

「余は此手紙を見る度に何だか故人に対して済まぬことをしたやうな気がする。……哀れなる子規は余が通信を待ち暮らしつつ、待ち暮らした甲斐もなく呼吸を引き取ったのである。……書きたいことは多いが、苦しいから許してくれ玉へなどと云はれると気の毒でたまらない。余は子規に対して此気の毒を晴らさないうちに、とうとう彼を殺してしまった。」（『吾輩は猫である』）

漱石は形見《かたみ》として子規の画を大切にして子規の没後十年に表装《ひょうそう》している。

「余は子規の描いた画をたった一枚持っている。亡友の記念《かたみ》だと思って長い間それを袋の中に入れてしまっておいた。年数の経《た》つに伴《つ》れて、ある時はまるで袋の所在を忘れて打ち過ぎる事も多かった。近頃ふと思い出して、ああしておいては転宅の際などにどこへ散逸するかも知れないから、今のうちに表具屋へやって懸物《かけもの》にでも仕立てさせようと云う気が起った。渋紙の袋を引き出して塵《ちり》を払《はた》いて中を検《しら》べると、画は元のまま湿っぽく四折に畳んであった。画のほかに、無いと思った子規の手紙も幾通か出て来た。余はその中から子規が余に宛《あ》てて寄《よ》こした最後のものと、それから年月の分らない短いものとを選び出して、その中間に例の画を挟《はさ》んで、三つを一纏《ひとまと》めに表装させた。

画は一輪《いちりん》花瓶《ざし》に挿《さ》した東菊《あずまぎく》で、図柄としては極《きわ》めて単簡《たんけん》な者である。傍《わき》に「是《これ》は萎《しぼ》み掛《か》けた所と思い玉え。下手《まず》いのは病気の所為《せい》だと思い玉え。嘘《うそ》だと思わば肱《ひじ》を突いて描いて見玉え」という註釈が加えてあるところをもって見ると、自分でもそう旨《うま》いとは考えていなかったのだろう。子規がこの画を描いた時は、余はもう東京にはいなかった。彼はこの画に、東菊活《い》けて置きけり火の国に住みける君の帰り来るがねと云う一首の歌を添えて、熊本まで送って来たのである。」（「子規の画」『夏目漱石全集10』ちくま文庫、筑摩書房）

東京都台東区根岸二―五―十一に松山から母と妹を呼び寄せて晩年に約八年間住んだ「子規庵」（昭和二十五年復元）がある。東京都北区田端四丁目の大龍寺には正岡子規のお墓がある。また、上野恩賜公園正岡子規記念球場（東京都台東区上野公園内）がある。正岡子規は「野球」という字を使い野球を楽しんでいた。上京して大学予備門に入学したが、この頃に野球に熱中しはじめたといわれている。子規は数々の野球用語の日本語訳を施したが、そのほとんどが現在でも使われている。それは「直球」「打者」「走者」「飛球」などである。幼名を昇《のぼる》といったので、それをもじって「野球（のボール）」という雅号もあった。愛媛県松山市に野球歴史資料館「の・ボールミュージアム」（「坊っちゃんスタジアム」野球場の併設施設）がある。「子規と野球の碑」は正宗寺（愛媛県松山市末広町　伊予鉄道松山市駅下車徒歩五分）に建っている。

3　漱石と安倍能成《あべよししげ》

安倍能成（一八八三（明治十六）年十二月二十三日〜一九六六（昭和四十一）年六月七日）は哲学者、教育者、政治家。法政大学教授、京城帝国大学教授、第一高等学校校長、貴族院勅選議員、文部大臣を歴任。貴族院帝国憲法改正案特別委員会委員長。学習院院長。

医師安倍義任とシナ夫妻の八男として松山城下の小唐人町（後の愛媛県松山市大街道）に生

まれ、松山中学（現在の愛媛県立松山東高等学校）から第一高等学校、東京帝国大学へと進む。ただし、家庭の経済事情により中学卒業後一年間、母校の助教諭心得（講師）として英語を教えているため、第一高等学校進学は一九〇二（明治三十五）年のことである。在学中、夏目漱石や波多野精一、高浜虚子の影響を受けた。同窓生のひとりに、藤村操がおり、その妹・恭子と結婚した。帝国大学卒業後、自然主義の文芸評論を手がける一方、慶應義塾大学、一高の各講師、法政大学教授を歴任し一九二四（大正十三）年にはヨーロッパ留学をしている。帰国後、京城帝国大学教授となり、朝鮮の文化を詳細に検討し、日本人の朝鮮蔑《べっ》視《し》感情を諫《いさ》めている。一九四〇（昭和十五）年に、母校一高校長となり名校長といわれた。その一方で軍部が進める高等学校の年限短縮に反対したり、近衛文麿に早期和平の進言をしたために、憲兵隊から監視対象になったとされている。

愛媛県出身の安倍は松山で開催された子規没後五十周年記念式典の講演で、子規・漱石の二人を大街道の芝居小屋で目撃したことがあると語っている。安倍はその目撃を明治二十八年、漱石は同年四月から一年間松山中学の英語教師）の盛夏の頃ではなかったかと言っているが、実際には同年の十月六日であった（子規の『散策集』に「明治廿八年十月六日（中略）大街道の芝居小屋の前に立ちどまりて漱石は狂言見んと立ちよれば～」とある）。当時、大街道の一番町側入口近くに新栄座という芝居小屋があり、子規・漱石が立ち寄ったときには、泉祐三郎一座の照葉《てりは》狂言が演じられていた。安倍は二階席にいて、そこから平土間の桟敷《さじき》にいた子規・漱石の二人を目撃したのだ。

一九〇六年、東京帝国大学一年生の時に、友人が夏目漱石の元を訪問するのに同行して以来、漱石を深く尊敬師事《しじ》し、後年には小宮豊隆・森田草平・阿部次郎（鈴木三重吉とする説もある）と並んで「漱石門下の四天王」と称された。鈴木三重吉や寺田寅彦との出会いも、漱石を通じてのものであった。漱石が修善寺の大患（一九一〇年）に陥った時、安倍たちが駆けつけると、「あんばいよくなる」と言われたとの挿話がある。

また、一高を中途退学した同期の岩波茂雄との交流は終生続いた。一九一三（大正二）年八月、古本屋として創業した岩波書店は、翌年には出版事業に乗り出すが、その記念すべき処女出版は夏目漱石の『こゝろ』であった。岩波茂雄と漱石のつながりは、茂雄の親友であった安倍能成の仲介に始まる。茂雄は創業にあたり、当代一の小説家の漱石に店の看板を揮《き》ごうしてもらおうと思いつき、漱石に心酔する安倍に願い出て一緒に「漱石山房」に行った。漱石はその場で看板を快く書いてくれた。（茂雄はこれを額にして屋上看板に掲げたが、関東大震災で焼失）この訪問が『こゝろ』の出版に進展する。茂雄の感激は大きく、最高の材料で立派な本を作ろうとし、漱石に行き過ぎをたしなめられた。その後『道草』『硝子戸の中』、絶筆『明暗』を出版、没後には『漱石全集』を手がけた。その実現に至るには安倍のほか、寺田寅彦、森田草平、鈴木三重吉、小宮豊隆、阿部次郎といった門下生たちの意向があり、「岩波書店の最も重大な契機が、『漱石全集』の刊行にあったことは疑ない」と、安倍は『岩波茂雄伝』で記している。

漱石が安倍能成と家族付き合いをしている様子がわかる手紙がある。

大正二年二月二十七日（木）安倍能成あて　書簡（ルビは筆者）

拝啓先日来御約束申上候御案内の件段々色々の事情にてのび〻に相成無申訳候

明後土曜三月一日もし御繰合せ相つき候はゞ御両人御揃《そろい》にて御枉駕《おうが》被下候はゞ幸甚に候

夕食の仕度と申す程のものも無之寒厨《かんちゅう》あり合わせのものにて夕飯差上度候間夕景《ゆうけい》より御越

し被下度之も序を以て願置候万一御不都合も有之ば一寸御報知被下候はゞ好都合に御座候

先は右迄　怱々《そうそう》　乍筆末御令閨《ごれいけい》へよろしく御伝声願上候　以上

二月二十七日　　夏目金之助

安倍能成　様

安倍は戦後、幣原《しではら》改造内閣で文部大臣となり、教育制度改革に尽力し、文相退任後は、一時帝室博物館館長職を務めた後、亡くなるまで新制学習院院長に在任した。また平和運動にも参画《さんかく》し、岩波書店の『世界』創刊期の代表責任者や、一九五一（昭和二十六）年結成の「平和問題談話会」の発起人にもなった。戦前・戦後を通じて一貫した自由主義者であり、戦前の軍国主義に対してのみならず、戦後の社会主義への過大な評価に対しても批判的な態度を取った。

なお甥に、チャタレイ裁判で被告人のひとりとなった小山書店店主・小山久次郎《おやまきゅうじろう》がいる。

一九六六（昭和四十一）年、御茶ノ水の順天堂医院で没。享年八十二歳。戒名「慈仙院学堂能成居士」。墓地は東慶寺（神奈川県鎌倉市山ノ内、北鎌倉駅近く）にある。

一九六六年に漱石生誕百年を記念して「夏目漱石誕生の地」の石碑が建てられた。文字は、安倍能成筆である。

4　漱石と小宮豊隆《こみやとよたか》

小宮豊隆（一八八四（明治十七）年三月七日〜一九九六（昭和四十）年五月三日）は独文学者、文芸評論家、演劇評論家、日本学士院会員。

福岡県仲津郡久富村に生まれる。旧制の福岡県立豊津中学校（現在の福岡県立育徳館高等学校）を経て第一高等学校（現在の東京大学教養学部）に進学。同学年に安倍能成、中勘助、藤村操、尾崎放哉、岩波茂雄がいた。

一九〇五（明治三十八）年東京帝国大学文学部独文科に入学。大学時代に夏目漱石の門人となり、寺田寅彦、森田草平、芥川龍之介、内田百閒、鈴木三重吉、久米正雄、松岡譲、野上豊一郎、津田青楓たちと交際。時には、連載小説執筆中で神経が昂《たか》ぶっている漱石から怒鳴りつけられたこともあった。

独文学者としては、慶應義塾大学や東北帝国大学法文学部などの教授や図書館長を務めた。一九四六（昭和二十一）年に東北帝国大学を辞してからは、東京音楽学校（現在の東京芸術大学）の校長や国語審議会委員などを歴任。東京音楽学校の校長時代に、森田草平の紹介で伊福部昭を作曲科講師に迎えた。一九五〇（昭和二十五）年三月には当時学習院院長だった安倍能成に招聘《しょうへい》され、学習院女子短期大学の初代学長に就任。一九五七（昭和三十二）年三月まで務めた。一九五一年に学士院会員となる。

ロシアのイワン・ツルゲーネフやスウェーデンのヨハン・アウグスト・ストリンドベリの訳書もあり、本来の専門分野にとらわれない幅広い活動をおこなった。ロシア出身の日本学者の祖セルゲイ・エリセーエフとは終生の友人であった。

また、初代中村吉右衛門を若い頃から評価し、折々に吉右衛門論を展開したが、後年『中村吉右衛門』としてまとめている。歌舞伎、能、俳句等、日本文化の諸相に通じた論客であった。能や歌舞伎や俳句などの伝統芸術にも造詣《ぞうけい》が深かった。特に松尾芭蕉に関しては、大正十四年から、「閑《しずか》さや岩にしみ入蟬《いるせみ》の声《こえ》」に出てくる蟬はアブラゼミかニイニイゼミかという問題を巡って齋藤茂吉と二年越しの論争をおこなったことは有名な話である。

漱石の研究書を多く著したが、漱石を崇拝《すうはい》する余り神格視することが多く、「漱石神社の神主」と揶揄《やゆ》された。漱石の『三四郎』のモデルとしても知られる。俳号の逢里雨「ほうりう」は、豊隆の音読み「ほうりゅう」に別の字をあてたもの。子どもに同じ独文学者の小宮曠三がいる。

漱石全集や寺田寅彦全集の編纂《へんさん》者としての功績は大きい。師である夏目漱石の研究者としても知られ、漱石の死後に豊隆が編集した『漱石全集』は、日本の個人文学全集としては最高のものとして現在でも評価が高い。昭和二十九年には著書『夏目漱石』で芸術院賞を受賞している。しかし、漱石二男の夏目伸六からは、未消化の資料を大量に羅列しているだけで著者（小宮）の頭の悪さが目立つと酷評された。だが、伝記は往々にして遺族からは悪く言われるもので、その後多くの漱石伝が出されたが、名著のひとつと言える。また、『漱石の藝術』は漱石全集の解説を集めたものである。『漱石全集』の『書簡集』と『続書簡集』には漱石が小宮にあてた書簡が百二十一通と多く収められている。

また、小宮豊隆は夏目漱石の作品『三四郎』のモデルとも言われ、校庭内の森は「三四郎の森」と称されている。

漱石は、留学中に開かれたパリ万国博（一九〇〇年開催）を見学し、ものすごいスケールでとても全部見切れないということを妻宛ての手紙の中で書いている。『虞美人草』で舞台として使われた東京勧業博覧会（一九〇七（明治四十）年三月〜七月）についても、漱石は小宮豊隆宛の手紙（明治四十年七月十九日）のなかで「博覧会へ行つて water シユートへ乗らうと思ふがまだ乗らない」と書いている。water シユートというのは幅の広い滑り台を用意して、そこに木で作った舟を滑らせるという単純な作りのものだが、それがこの東京勧業博覧会で出されて話題を呼び、その博覧会に行きたいというのが漱石の気持ちだったようだ。自分の住む東京で開かれている大きな博覧会なので、素朴に好奇心が持てたということがわかる。

第四章で後述する東北大学の「漱石文庫」は漱石門下の小宮豊隆が、「漱石山房」の空襲による焼失を恐れて、「漱石山房」の蔵書約三千冊をはじめ、日記・書簡などの貴重な資料を疎開させたものを基にしている。

5　漱石と鈴木三重吉《すずきみえきち》

鈴木三重吉（一八八二（明治十五）年九月二九日～一九三六（昭和十一）年六月二七日）は、広島県広島市出身の小説家・児童文学者で、日本の児童文化運動の父とされている。広島県広島市猿楽町（現・中区大手町）に父悦二、母ふさの三男として生まれた。広島県立広島中学校（現・広島国泰寺高校）から第三高等学校を経て東京帝国大学文科大学英文学科に入学。中学時代から文学に熱中し、「映山」という筆名で雑誌『少国民』『新声』等へも投稿した。中学二年の時には童話「あほう鳩」などが雑誌『少年倶楽部』に入選している。

大学在籍中には、夏目漱石に自作品「千鳥」を送ったところ、推薦を得て雑誌『ホトトギス』に掲載され、以降門下の一員として中心的な活動を行うこととなる。漱石が鈴木三重吉に宛てた励ましの手紙がある。

明治三十九年四月十一日（水）鈴木三重吉あて　書簡（ルビは筆者）

御手紙も小説も届いて只今兩方《りょうほう》とも拝見千鳥は傑作である。かう云《い》ふ風《ふう》かいたものは普通の小説家に到底望めない。甚だ面白い。強いて難を云へば段落と順序が整然として居らん。第一回の藤さんと瀬川さんの會話《かいわ》が少々振《ふる》はない。（其代《そのかわ》りあとの會話は悉《ことごと》く活動して居る）。最後に舟を望んで藤さんを想像する所は少しくど過ぎる（其代り袂《たもと》の貝をなげる所なぞはうまいものだ）。夫《そ》から法學士との問答もない方がいゝ。繪本《えほん》の御姫さまは前後ともない方が明瞭である。尤もあれば妙な趣味は生ずる。壁の畫《え》が原《はら》け出すのも考へものだ　以上は僕の感じたわるい方だがそれを除いては悉くうまい。會話《かいわ》といひ所作といひ仕草といひ悉《ことごと》く結構である。一つ二つ取り出して云ふとほかゞまづい様になるから云はない。總體《そうたい》が活動して居る。僕が島へ遊びに行つて何かかこうとしても到底こんなには書けまい。三重吉君萬歳だ。そこで千鳥を此次のホト、ギスへ出さうと思ふが多分御異存《いぞん》はないだらう。構《かま》ひますまいな。尤も緒言《ちょげん》はぬく積《つも》りだ。

どうか面白いものをもっと澤山《たくさん》かいて屁鉾《へっぽこ》文士を驚ろかして呉《く》れ玉《たま》へ。僕多忙でこまる。昨日から講義をかきかけたら半ページ出來た。講義を書くより千鳥をよむ方が面白い。加計の縁談は破談とやら氣の毒な事だ藤さんでも貰《もら》つてやり玉へ。血統なんて構やしないよ。別嬪《べっぴん》でヴイオリンが上手ならわるい病氣なんか出やしない。大丈夫なものさ。先祖代々の血統を吟味したら日本中に確たる家柄は一軒もなくなる譯《わけ》だ。序によろしく　以上

四月十一日夜

三重吉　様

金

級友鈴木三重吉の紹介で芥川龍之介（一八九二（明治二十五）年三月一日〜一九二七（昭和二）年七月二十四日、小説家。『羅生門』や『鼻』などがある）は、学生時代（大正四年十二月）に久米正雄らとともに漱石一門に入る。その後「鼻」が夏目漱石に絶賛されると、新進作家として文壇にデビューした。

鈴木三重吉は大学卒業後、成田中学校・海城中学校・中央大学などで教師を務めるかたわら、長編小説『桑の実』など数々の作品を執筆して小説家としての評価を上げたが、小説のゆきづまりを自覚し一九一五（大正四）年以降小説の筆を折った。しかし娘のために作品を創作したことをきっかけに児童文学作品を手掛けるようになり、一九一八（大正七）年には森鷗外ら当時の主要作家の賛同を得て、児童雑誌『赤い鳥』を創刊。芸術的に価値のある童謡・童話を子どもたちに提供しようという画期的な運動をスタートさせた。三重吉はもちろん、芥川龍之介や有島武郎、北原白秋らが傑作を次々と発表。わが国の児童文学は新しい時代を迎えることになる。

6　漱石と森田草平《もりたそうへい》

森田草平（一八八一（明治十四）年三月一九日～一九四九（昭和二十四）年十二月十四日）は作家・翻訳家。本名森田米松。夏目漱石の門下生のひとりであるが、特に私生活での不祥事《ふしょうじ》が多かったことから、門下生のなかでは異色の存在として扱われることが多い。

岐阜県方県郡鷺山村（現・岐阜市）生まれ。攻玉社から日本中学校を経て第四高等学校に入学するが、女学生と恋愛問題を起こして退学処分を受ける。その後第一高等学校に入り直し、明治三十九年に東京帝国大学英文科を卒業。卒業後、岐阜に帰郷するが夏目漱石の『草枕』に感銘を受け妻子を郷里に置いて上京、漱石の元へ足繁《あししげ》く通うかたわら与謝野鉄幹が主宰する閨《けい》秀《しゅう》文学講座で講師をつとめる。この講座に聴講生として通っていた平塚らいてうと関係を持ち、明治四十一年に栃木県塩原で心中未遂事件を起こす。この後始末として、漱石は森田を自宅に引き取り、「書くほかに、今後君が生きてゆく道はない」と体験の執筆を指示した。その時書かれた小説『煤煙』は、漱石の推薦で翌年朝日新聞に連載され、これが彼の文壇デビュー作となる。小宮豊隆らと「朝日新聞」文芸欄を担当し、漱石を助け自然主義に対抗した。評伝『夏目漱石』『続夏目漱石』で草平は漱石の「永遠の弟子」と自称している。

漱石が森田にあてた書簡は『漱石全集』（岩波書店）に六十一通所収されている。その中で漱石が手紙好きであることをあかす一通を引用する。

明治三十九年一月八日（月）森田米松（草平）あて　書簡

啓、長い手紙を頂戴面白く拝見しました。御世辞にも小生の書簡が君に多少の影響を与へたとあるのは嬉しい。それ程小生の愚存に重きを置かれるのは有難いと云ふ訳です。小生は人に手紙をかく事と人から手紙をもらふ事が大すきである。そこで又一本進呈します。

（後略）

金之助

一月七日

森田　兄

野上豊一郎の紹介で草平は大正九年に法政大学教授となった。しかし、一九三四（昭和九）年に法政大学の学内紛争から野上と対立し、関口存男（後に公職追放）らの右派の革新教授や卒業生と共謀、野上はじめ教授多数（中には漱石門下以来の友人の内田百閒もいた）を大学から追放したものの、結果翌年に自身も大学を去ることになる。

その後は『吉良家の人々』『細川ガラシヤ夫人』などの歴史小説を著す一方でイプセン、ドストエフスキー、セルバンテス、ダヌンツィオ、ボッカチオなどの翻訳を手がけた。最晩年は日本共産党に入党し、話題をまいた。

森田草平の墓は、雑司ヶ谷にある漱石の墓と道を隔てた所にある。碑銘は「森田家の墓」。森田草平著『夏目漱石』（一）～（三）（講談社学術文庫　昭和五十五年）がある。講談社学術文庫編集部の但し書きによると、この本の底本は、昭和十七年甲鳥書林刊『夏目漱石』と、昭和十八年甲鳥書林刊『続夏目漱石』を改題・改訂した昭和二十二年東西出版社刊『漱石先生と私』であるとのこと。この森田草平の『夏目漱石』は筑摩叢書にも入っている。

7　漱石と寺田寅彦《てらだとらひこ》

寺田寅彦（一八七八（明治十一）年十一月二十八日～一九三五（昭和十）年十二月三十一日）は戦前の物理学者、随筆家、俳人であり、吉村冬彦や藪柑子《やぶこうじ》などの筆名がある。高知県出身（出生地は東京市）。特徴ある科学観を底流として、初期の『冬彦集』、『藪柑子集』のほか、多くの随筆書がある。死後『寺田寅彦全集』（文学編十六巻・一九三六～三八、科学編六巻・一九三八～三九）が刊行された。

寅彦は、高校は熊本の第五高等学校に入学。物理教師・田丸卓郎に運命の出会いをし、自然科学への道を志すことになる。さらにそこで、寅彦はもうひとつの運命の出会いを果たす。当時この学校の英語教師をしていた、夏目漱石その人である。英語以外にも多くのことを寅彦は漱石のもとで学び、俳句や評論など文学の道でもその才能を開花させていくことになる。東京帝国大学に進んだ後も、イギリスから帰った漱石と再び出会い、以後頻繁《ひんぱん》に漱石の家に出入りするようになった。こうして文筆に親しむようになり、いわゆる「科学随筆」という新しいジャンルを確立した。このような過程があって寅彦は精神面で漱石から多大の影響を受け、美を愛し真実を追求してやまない姿勢は周囲の人間や後輩たちから敬愛の念を持って迎えられた。しかし、寅彦自身は不運であった。結婚運に恵まれず、妻を亡くし自身も病気がちであった。科学者でありながら、文学を通じて人生の洞察《どうさつ》への興味を持ち続けたのにはそんなことも影響しているのかもしれない。

寺田寅彦が詠んだ短歌のひとつに、彼の愛すべき人柄を表現しているものがある。夏目漱石とも親交が深かった明治生まれの知識人の粋な価値観が伝わってくる。

「好きなもの　イチゴ珈琲《こーひー》花美人　懐手《ふところで》して宇宙見物」

寺田寅彦の人柄にふれておこう。「天災は忘れた頃にやってくる」。寅彦が実践した文と理の融合がこの言葉に隠されている。一九二七年、相模湾を震源とする関東大震災が発生。この時帝国大学の教授であった寅彦は、地震の調査にあたる。直接記録としては残っていないが、そのなかで寅彦は「昔の人も同じ経験をしている。私たちがそれを忘れて好き勝手にしているからこういうことになったのだ」と友人に語ったと言う。寅彦は科学者でありながら、その幅広い知識や興味から、人や自然に対する叙情的とも言える観察眼も持ち合わせていた。文学など自然科学以外の事柄にも造詣《ぞうけい》が深く、科学と文学を調和させた随筆を多く残している。そのなかには大陸移動説を先取りするような作品もある。今日では、寅彦は自らの随筆を通じて学問領域の融合を試みているという観点からの再評価も高まっている。

朝日新聞の土曜版（二〇〇七年十月六日）に、「寺田寅彦と夏目漱石」の話が載っている。熊本の旧制五高で教えていた漱石の自宅に、生徒だった寺田寅彦が訪ねたときの話である。「俳句とは一体どんなものですか?」との問いに漱石は、ごまかさず照れもせず、まじめにこう答えたという。

「俳句はレトリックの煎《せん》じ詰めたものである。」「扇のかなめのような集注点を指摘し描写して、それから放散する連想の世界を暗示するものである。」「花が散って雪のようだ、といったような常套《じょうとう》な描写を月並という。」「秋風や白木の弓につる張らん、といったような句は佳《よ》い句である。」（「夏目漱石先生の追憶」）

漱石の元に集う弟子たちのなかでも最古参に位置し、科学や西洋音楽など寅彦が得意とする分野では漱石が教えを請うこともあって、弟子ではなく対等の友人として扱われていたと思われるフシもあり、それは門弟との面会日だった木曜日以外にも夏目邸を訪問していたことなどから推察できる。

漱石に文学の才能を見いだされた寅彦の随筆は、科学の観察・発見・分析と、詩人の直観・連想・詩情が渾然と融合され、随筆の世界に新しい分野を切り開いた。夏目漱石の門下生として学んだ寺田寅彦。しかし二人の関係はただそれだけではなかった。夏目漱石の作品に、寅彦をモデルにした人物がたびたび登場している。『吾輩は猫である』の水島寒月や『三四郎』の野々宮宗八などだ。寅彦が理学部で研究する様子などを漱石が取材し、作品に使っている。漱石と寅彦の関係は普通の師匠と弟子の関係とは異なり、寅彦の方が得意な科学や西洋音楽など分野においては、漱石が教えを請うこともあった。『吾輩は猫である』の寒月の扱いについて伺いをたてる手紙を書いていることや、帝大理学部の描写やそこで行われている実験が寅彦の案内で見学した体験に基づいていることからも、寅彦が漱石と友人関係にあったことが裏付けられる。門下の生徒で一番古いと言われていた寺田寅彦であるが、漱石の事を「夏目漱石先生の追憶」のなかで次のように語っている。

「とにかく先生は江戸ッ子らしいなかなかのおしゃれで、服装にもいろいろの好みがあり、外出のときなどはずいぶんきちんとしていたものである。「君、服を新調したから一つ見てくれ」と言われるようなこともあった。服装については自分は先生からは落第点をもらっていた。綿ネルの下着が袖口《そでぐち》から二寸もはみ出しているのが、いつも先生から笑われる種であった。」（「夏目漱石先生の追憶」）

このように、時には弟子を笑う漱石だが、彼にとって門下の生徒たちは、自分の子どものようなもので、若い人たちには、常に慈父《じふ》の心を持って接していた。寺田寅彦はまたこう書いている。

「いろいろな不幸のために心が重くなったときに、先生に会って話をしていると心の重荷がいつのまにか軽くなっていた。不平や煩悶《はんもん》のために心の暗くなった時に先生と相対していると、そういう心の黒雲がきれいに吹き払われ、新しい気分で自分の仕事に全力を注ぐことができた。先生というものの存在そのものが心の糧《かて》となり医薬となるのであった。」（「夏目漱石先生の追憶」）

妻を亡くした寅彦にとって漱石は、父であり母であり、神であり、また恋人のような存在だった。のちに寅彦は『漱石俳句研究』（寺田寅彦ほか著　岩波書店、一九二五年）も記している。

高知県立文学館内（高知市小津町四―五）に、寅彦が四歳から十九歳まで過ごした旧宅を復元した寺田寅彦記念室があり、昭和四十二年には高知市史跡に指定された。寅彦の勉強部屋とともに、主家と茶室があり、南に面した広い庭には随筆の題材としても登場する各種の草木が四季折々の表情を見せ、喧噪《けんそう》を離れた静かな環境を生み出している。

8　漱石と松岡譲《まつおかゆずる》

松岡譲（一八九一年九月二十八日〜一九六九年七月二十二日）は小説家。旧名は松岡善譲《ぜんじょう》。新潟県（現・長岡市鷺巣町）出身。父親は真宗大谷派定正院の僧侶。旧制長岡中学では、同級生に詩人・フランス文学者となる堀口大學がいた。本来なら父を継いで僧侶になるべき立場だったが、幼い頃から仏門の腐敗を目の当たりにして育ち、生家に強く反発した。第一高等学校を経て東京帝国大学文学部哲学科に在学中、夏目漱石の門人となる。漱石の長女筆子との愛を巡って同門の久米正雄（一八九一〜一九五二、小説家・劇作家）から憎しみの目で見られるが、筆子からの愛の告白に応じ、一九一八年、大学卒業の翌年に結婚。寺院を継ぐことを拒否し、かねて筆名として用いていた譲を戸籍名とした。一九二二年、久米が小説『破船』でその経緯を描いたが、当時世間は久米に同情し、松岡を友情を破った男のようにみなした。松岡の子供が近所の子と遊んでいると、その子の母親が飛び出してきて「あんな悪人の子供と遊んじゃいけません」と叱りつけたこともあったという。筆子の一件以来、久米とは不倶戴天《ふぐたいてん》の間柄だったが、昭和初年に和解を果たしている。

松岡の自伝的小説『法城を護る人々』はベストセラーとなり、法蔵館から全三巻で再刊された。ほかに二十世紀初めの敦煌を舞台にした『敦煌物語《とんこう》』が講談社学術文庫で、のちに平凡社で再刊されている。また漱石夫人夏目鏡子の談話をまとめた『漱石の思ひ出』も文庫などで広く読まれた。『漱石の思ひ出』は、昭和三年に雑誌『改造』に連載され、のちに大幅に加筆の上、漱石十三回忌を記念して出版されたものである。本書は、夏目漱石の妻、鏡子夫人の語りを、作家である松岡がまとめた回想録という体裁をとっている。口述筆記のような書き方になっているが、実際には事前に十分な準備を整えた松岡が、鏡子夫人に取材（インタビュー）を行い、それを夫人の口述という形式に書き直したものらしい。本書には松岡が発言する場面は全く出てこない。このあたりの事情については、松岡による巻末の「編録者の言葉」に詳しく書かれている。

「この「漱石の思い出」は元より研究でもなければ評伝でもなく、またいうまでもなく正確な伝記でもありません。要するに未亡人の「思い出」であり、また一部分は「見聞録」にすぎないのでありまして、主として家庭における先生の生活記録であるのですが、ここには幾多の作物を裏附けるべき根本資料があり、作者その人を知るべき研究資料があって、夫人の目に映じた人間漱石の姿が、やさしい真実の魅力のうちに、生々と物語られ伝えられているのであります。」（松岡譲「編録者の言葉」）

一八九五（明治二十八）年四月九日、夏目漱石は松山中学の英語教師として当地に着任。その日から数日は市内三番町の「きどや旅館（城戸屋旅館）」に宿泊した。同旅館は小説『坊っちゃん』では、「山城屋」の名で登場し、次のエピソードが語られている。『坊っちゃん』の主人公は、「山城屋」で茶代を五円出すと、待遇が変わり、階下の粗末な部屋から、二階の十五畳敷の立派な部屋に移された。これとよく似たことは実際にあったようだが、突然の待遇の変化は、茶代をはずんだせいではなく、四月十一日付の地元「海南新聞」公報欄に以下のような辞令が掲載されたからであったらしい。

明治二十八年四月十日
夏目金之助
愛媛県尋常中学校教員ヲ嘱託ス
月俸金八拾円給与

八十円の月給は当時としては破格のもの（同中学校長の月給が六十円）。高給取りの偉い先生がお泊まりだということで、待遇を改めたというのが真相だったようである。

漱石の没後、妻鏡子と松岡譲（漱石の長女筆子の夫）は松山を訪れ、この「きどや旅館」を見学している。松岡譲の『漱石先生』にこのときのことが記されているので、以下に引用する。

「先へ立った支配人が、恐る恐るこれで御座いますといって案内してくれる二階の一室に入る。入口に木の札が下って居て、麗々しく「坊っちゃんの間」と書いてある。坊っちゃんの間ですかと、期せずして義母（注：夏目鏡子）と私は顔を見合はせて、少々擽《くすぐつた》い感嘆の声を囁《ささや》いたものだ。すると丁寧な支配人が、へえと一層恐縮したやうに腰をかゞめた。さうしていふ事には、「先生にいらして頂いた時に、早速このお部屋へ御案内すればよかったのを、ついその何で、存じませんもんで、その……」と揉手《もみて》をしてあとは言ひ淀んでしまった。（中略）

どこの宿屋でもよくやる手であらうが、この山城屋では新任の役人なり中学教師なりがとまると、先づい丶頃加減の「竹の間」とか何とかいふのに案内しておいて、それから新聞に俸給が出ると、その多寡によって、「一番」とか「梅の間」とかいふ上等に入れるか、「紅葉の間」といふ行灯部屋に入れるかしたものださうだ。漱石もこの手をやられて、八十円といふ当時としては飛び切りの俸給だったので、すぐにこの上等の部屋へ移され、かへって漱石の方で恐れをなして、茶代をはづんで愛松亭へ逃げ出したといふのが事実談ださうだ。」（松岡譲『漱石先生』岩波書店　一九三四年十一月 ルビと（　）内注は筆者）

松岡譲は漱石について「その広い教養、深い学識、鋭い観察と感受性、長い間の修業、堅固な信念と確乎たる道義、天成の好諧と風刺、そうして麗《うるわ》しい人間性、こうしたものが全的の一丸となって繚乱《りょうらん》の花を咲かせた」（『漱石俳句探偵帖』半藤一利著）と語ったという。

二女の松岡陽子マックレイン（一九二四〜二〇一一）は比較文学研究者で、オレゴン大学名誉教授。『漱石夫妻　愛のかたち』（朝日新書、二〇〇七年）の著書を出している。四女の半藤末利子（一九三五〜）は随筆家で、その夫は昭和史研究家の半藤一利（一九三〇〜）。義甥（長男純一の長男）に夏目房之介（一九五〇〜、漫画家、評論家）がいる。

9　漱石と和辻哲郎《わつじてつろう》

和辻哲郎（一八八九〜一九六〇）は、『古寺巡礼』『風土』などの著作で知られる哲学者、倫理学者、文化史家、日本思想史家。その倫理学の体系は、和辻倫理学と呼ばれている。日本的な思想と西洋哲学の融合、あるいは止揚とでもいうべき境地を目指した稀有《けう》な哲学者と評価される。京都帝国大学教授、大谷大学教授を兼務し、文学博士号取得、東京帝国大学文学部倫理学講座教授。一九五五年秋に文化勲章受章。一九五八年に、皇太子妃となる正田美智子（現皇后陛下）のお妃《きさき》教育を行った。墓所は鎌倉市山ノ内の東慶寺。

和辻は兵庫県姫路市仁豊野《にぶの》に誕生し、一九一二年東京帝国大学文科大学哲学科卒業、同大学院に進学。ケーベル先生を尊敬し、卒論を読んでもらいたいがために英語で執筆した。静かな環境のもとで卒論に取り組むため、藤沢市（当時は高座郡藤沢町）鵠沼にあった後輩高瀬弥一邸の離れを借りて執筆。卒論完成と同時に高瀬弥一の妹、照に求婚し、同年に結婚。この間、別の離れに安倍能成、阿部次郎も住み、交流。小宮豊隆・森田草平・谷崎潤一郎・芥川龍之介らの来訪を受けた。

一九一三年に和辻は『ニーチェ研究』を出版し、漱石に手紙を添えて送ったが、その夜偶然に帝国劇場で漱石に出会う。その後、紹介を得て山房を訪れ、純粋に漱石の人柄と学識に傾倒して木曜会に出席し、後に十大弟子の一人といわれるようになった。漱石が和辻哲郎にあてた書簡（大正二年十月五日）がある。『こゝろ』の「先生」を思わせる漱石の手紙である。

「私はあなたの手紙を見て驚ろきました。天下に自分の事に多少の興味を有つてゐる人はあつてもあなたの自白するやうな殆《ほと》んど異性間の恋愛に近い熱度や感じを以て自分を注意してゐるものがあの時の高等學校（第一高等学校を指す）にゐやうとは今日迄夢にも思ひませんでした。夫《それ》をきくと何だか申訳ない気がしますが実際その当時私はあなたの存在を丸で知らなかつたのです。和辻哲郎といふ名前は帝国文学で覚えましたが、覚へた時ですら其人は自分に好意を有つてゐてくれる人とは思ひませんでした。」

漱石からあたたかい返事をもらい、和辻はその後も漱石山房をたびたび訪れることになる。和辻は著作物だけでなく芋やマツタケなども漱石に送り届けている。

大正五年十月三十一日（土）和辻哲郎あて　書簡（ルビは筆者）

拝啓段々寒くなります御変わりもありませぬか　私も無事です　松茸《まつたけ》をありがとう　あれは何処から来たのですか中々方々から松茸をくれます　此間は電話である人の奥さんが松茸があり過ぎて困るから少し貰《もら》ってくれと頼んで来ました　此の松茸なるものは私の小供の時分は滅多に口にする事の出来ない珍味でした　それが今日になると昔を回顧する度に妙な心持を誘ふやうに松茸が出てくるのだから不思議千万です　先ずは御礼迄　怱々頓首

夏目金之助

十月三十一日

和辻哲郎　様

和辻は「漱石の人物」の中で、漱石の自宅で催される木曜会の様子を記しているが、師としての漱石、夫婦関係、息子純一との親子関係などを漱石贔屓《ひいき》に書いていて興味深いので少し引用する。

「私が漱石と直接に接触したのは、漱石晩年の満三個年の間だけである。しかしそのおかげで私は今でも生きた漱石を身近に感じることができる。漱石はその遺《のこ》した全著作よりも大きい人物であった。その人物にいくらかでも触れ得たことを私は今でも幸福に感じてい

る。（中略）

木曜会で接した漱石は、良識に富んだ、穏やかな、円熟した紳士であった。癇癪《かんしゃく》を起こしたり、気ちがいじみたことをするようなところは、全然みえなかった。諧謔《かいぎゃく》で相手の言葉をひっくり返すというような機鋒《きほう》はなかなか鋭かった。しかし相手の痛いところへ突込んでゆくというような、辛辣《しんらつ》なところは少しもなかった。むしろ相手の心持をいたわり、痛いところを避けるような心遣いを、行届いてする人であった。だから私たちは非常に暖かい感じをうけた。（中略）

私は、「人静月同照」という掛け軸を、今でも愛蔵している。これは漱石の晩年の心境を現わしたものだと思う。人静かにして月同じく眠るのは、単なる叙景である。人静かにして月同じく照らすというところに、当時の漱石の人間に対する態度や、自ら到達しようと努めていた理想などが、響き込んでいるように思われる。（昭和二十五年十一月）」（『和辻哲郎随筆集』岩波文庫、岩波書店）

10　漱石と松根東洋城《まつねとうようじょう》

松根東洋城（一八七八～一九六四）は俳人。本名は豊次郎で、俳号はこれをもじったもの。松根権六（宇和島藩城代家老・松根図書《ずしょ》の長男）の次男として東京築地《つきじ》に生まれた。母は宇和島藩主伊達宗城《だてむねなり》の次女敏子。愛媛県尋常中学校（現・松山東高等学校）時代に同校に教員として赴任していた夏目金之助（漱石）に英語を学んだことから、卒業後も俳句の教えを受けて漱石の門下生となり、交流を持ち続け終生の師と仰いだ。旧制一高、東京帝国大学から転じて京都帝国大学仏法科卒業。一九〇六（明治三十九）年宮内省に入り式部官、書記官、会計審査官等を歴任。東洋城の風貌《ふうぼう》は、背すらりと鼻筋が通り、漱石のような美髭《びひげ》を貯えたなかなかの美男子で、宮廷を歩けば女官達がひそひそと言葉を交わしあう程だという逸話もある。一九一九（大正八）年退官し、『東京朝日新聞』俳壇の選者となった。

漱石に紹介されて正岡子規の知遇《ちぐう》を受けるようになり、子規らが創刊した『ホトトギス』に加わった。一九一四（大正三）年、宮内省式部官のとき、大正天皇から俳句について聞かれ「渋柿のごときものにては候へど」と答えたことが有名となった。一九一五（大正四）年に俳誌『渋柿』を創刊主宰した。子規没後『ホトトギス』を継承した高浜虚子により『国民新聞』俳壇の選者から下ろされ、代わって虚子自身が選者になったことを契機に、一九一六（大正五）年に『ホトトギス』を離脱した。以降、虚子とは一切の付き合いを持たなかったという。虚子らが掲げる「俳句こそは花鳥諷詠、客観写生である」という理念に飽き足らず、俳諧の道は「生命を打ち込んで真剣に取り組むべきものである」として芭蕉の俳諧精神を尊んだ。東洋城が週に一度開催した句会には、長谷川零余子《れいよし》、岡本松濱《しょうひん》、野村喜舟《きしゅう》、飯田蛇笏《だこつ》、久保田万太郎、小杉余子《よし》ら後世に名を残す俳人が数多く集った。各地で渋柿一門を集めて盛んに俳諧道場を開き、人間修業としての『俳諧道』を説き子弟の育成に努め、門下から多数の優れた俳人が輩出している。一九五四（昭和二十九）年日本芸術院会員。

明治三十九年、当時新参だった鈴木三重吉が漱石門下生の人物評を漱石に書き送ったが、漱石は松根をかばいつつも人物を率直にあらわす返事を書いている。

明治三十九年十月二十六日（金）鈴木三重吉あて　書簡（一部抜粋、ルビは筆者）

君の夜中にかいた手紙は今朝十一時頃よんだ。寺田も四方太もまあ御推察の通《とお》りの人物でせう。松根はアレデ可愛《かわい》らしい男ですよ。さうして貴族種だから上品な所がある。然しアタマは餘《あま》りよくない。さうして直《す》ぐむきになる。そこで四方太と逢《あ》はない。

漱石が松根東洋城にあてた書簡は数多く、六十六通も残っている。

一九一〇（明治四十三）年八月六日、漱石は門下生松根東洋城の案内で持病の胃潰瘍療養のため修善寺温泉を訪れ、菊屋旅館で転地療養したことは前述のとおりである。翌年、痔の手術を受けた直後も、漱石は東洋城宛てに興味深い俳句を添えた手紙（明治四十四年九月二十五日）を送っている。

「啓上耳痛愈甚敷よし御気の毒のいたり何とか分別なきや　肛門の方は段々よけれど創口《きずくち》

未だ肉を上げずガーゼの詰替頗《すこぶ》る痛み候（中略）
切口に冷やかな風の厠《かわや》より」

一九〇八（明治四十一）年に小説『吾輩は猫である』の主人公の猫が亡くなり、松根東洋城は夏目漱石に電報を送った。

センセイノネコガシニタルサムサカナ　　松根東洋城

それに対する夏目漱石の返信電報の俳句がある。

ワガハイノカイミョウモナキススキカナ

松根家は山形県に縁がある。その遠祖は戦国時代の奥州の勇将で出羽山形藩初代藩主・最上《もがみ》義光《よしあき》である。山形県山形市の霞城《かじょう》公園内に「最上義光公勇戦の像」がある。また、一九八九（平成元）年十二月一日、最上家史料を展示し義光を顕彰する施設として、山形市が「最上義光歴史館」を建設した。
最上義光の甥にあたる最上光広《みつひろ》の子孫は宇和島藩の家老家として続き、幕末には伊達《だて》宗城《むねなり》を補佐した松根図書《ずしょ》が出ている。松根東洋城は図書《ずしょ》の孫にあたる。

松根光広《みつひろ》が一六一五年に山形県庄内地方に松根城（現在の鶴岡市櫛引《くしびき》）を築城し、名字を改めて松根備前守となったと伝えられている。その松根城は、関ヶ原の戦いののち念願の庄内を手に入れた最上義光が、庄内と内陸の要所を押さえるために甥の松根備前守光広に築かせた平城である。赤川右岸の断崖《だんがい》上に位置し、現在の県道四十四号線沿いにある最上院が主郭跡《しゅかくあと》とされる。松根光広は松根城と同時に六十里越街道の内陸側の拠点白岩城（現在の山形県寒河江市）の城主も兼ねた。最上家の家老職として重きを成したが、最上家お家騒動の時の中心人物として、主家改易《しゅけかいえき》後に九州の立花宗茂のもとに預けられ、城はそのまま廃城になった。

松根東洋城は先祖のことを知り、次の句を残している。

我が祖先は奥の最上や天の川　　東洋城

第四章　漱石と東北

1　「東北」とは？

この章のはじめにあたり、漱石が生まれ育った時代に現在の呼称に固まった「東北」について、その歴史をふり返ってみよう。東北地方は古くは道奥《みちのおく》や、陸奥《みちのく》ともいわれ、中央から地方にいたる道の果ての意味である。

東北地方は、本州東北部にある日本の地方。青森県、岩手県、宮城県、秋田県、山形県、福島県の六県で構成され、本州の約三割の面積を占めている。東北地方の中央部を南北に走る山脈を奥羽《おうう》山脈とよぶため、奥羽《おうう》地方ともいう。新潟県を東北地方に含める場合があり、その場合「東北地方と新潟県」「東北七県」「奥羽越」などと呼ばれる。戊辰《ぼしん》戦争において、東北六県および新潟県の中越地方と下越地方の藩が江戸幕府側の支援にまわり、奥羽越列藩同盟が結成された。戊辰戦争に敗けた処分として、一八六九年一月十九日（明治元年十二月七日）、陸奥《むつの》国《くに》は、磐城《いわき》・岩代《いわしろ》・陸前《りくぜん》・陸中・陸奥国《むつのくに》に、出羽国《でわのくに》は、羽前《うぜん》・羽後《うご》に分割された。漱石が幼児であった一八七一（明治四）年には、明治政府側が東北鎮台《ちんだい》を仙台に置き、同同盟加盟地域のうち山形県と新潟県を除く東北五県を管轄《かんかつ》させた。一八七一年八月二十九日（明治四年七月十四日）の廃藩置県《はいはんちけん》などを経て、現在の東北六県が作られ、一八七三（明治六）年、徴兵《ちょうへい》制施行と共に東北鎮台が仙台鎮台に改称されると、仙台鎮台の管轄域の第二軍管区は一九〇五（明治三十八）年まで東北六県と新潟県にあたる地域になった。民間でも、明治十年代から「東北」の言葉が頻繁《ひんぱん》に用いられるようになり、仙台を中心に、広く「東北」を冠した新聞・雑誌が発行され、新潟市でも「東北日報」という新聞が発行されていた（仙台でも同名の新聞が発行されていた。後の「河北新報」）。また、現在の北陸本線にあたる、近畿地方から新潟県柏崎までの路線建設を計画する会社が一八八一（明治十四）年七月に設立されたが、その名称も「東北鉄道株式会社」であった。すなわち、「東北」の定義域は、畿内から見た場合は現行の東北六県および北陸地方、東京から見た場合は現行の東北六県として認識されていたことになる（一八六八年の東京奠都《てんと》および明治天皇の東京行幸《ぎょうこう》の後、京都の他に明治政府が所在する東京も都との認識が生まれていた）。新潟県は、漱石夫人の鏡子が育った所であり、門人たちはじめ長女筆子、孫達との関わりもある。漱石自身、新潟県上越市に（旧制新潟県立高田中学校での）講演旅行にもでかけているし、作品『坊っちゃん』のなかに「越後《えちご》の笹飴《ささあめ》」もでてくる。

その東北（本書では東北六県）と夏目漱石との縁《えん》、人的交流やかかわりのある場所や事物がいくつか発見できた。正岡子規にあてた書簡などから、明治二十七年夏八月には松島旅行をし、夏目漱石が東北に足を踏み入れていることが分かる。とくに、山形との縁が多くある。山形はかつての出羽国南半部で、漱石が二歳の時、一八六九年に出羽分割された羽前国にあたる。漱石が生まれた幕末（一八六七年）に現県域内にあった藩は、米沢藩、米沢新田藩、上山藩、山形藩、長瀞藩、天童藩、新庄藩、庄内藩（鶴岡藩）、（出羽）松山藩であった。それらが一八七一年十一月に山形、酒田、置賜《おきたま》の三県となり、一八七五年八月に酒田県が鶴岡県に改称された。数次の改廃を経て漱石が九歳の時、一八七六年八月に山形、鶴岡、置賜《おきたま》三県が統合して現在の山形県となった。初代県令に三島通庸《みしまみちつね》が就任。山形市旅篭《はたご》町に県庁が設置された。

東北は二〇一一（平成二十三）年三月十一日に発生した東日本大地震（東北地方太平洋沖地震）とそれに伴う津波と東京電力福島第一原発事故で甚大《じんだい》な被害を受けた。いまだに多くの人々が復興途上で苦悩している。全国に広がる「漱石山脈」の一部として、苦悩する東北地方の中央部を縦断し、関東地方北部の栃木県那須岳連峰まで連なる奥羽山脈に焦点をあてて、東北（東北六県）が生んだ著名人と漱石との交流や、東北地方にある漱石ゆかりの場所や事物など、興味深いものを次に個別に説明しよう。

2　東北大学附属図書館「漱石文庫」

宮城県仙台市にある国立大学。一九〇七年創立の東北帝国大学が前身

夏目漱石が愛蔵した約三千冊もの蔵書が東北大学附属図書館「漱石文庫」に収められている。大半が洋書で、英文学が約三割を占めている。他にも、日記や手帳、原稿、絵画など身辺自筆資料が多数含まれている。

生前の漱石と東北大学との間には直接的な関係はなく、なぜ漱石ゆかりの品々が収蔵されることになったのか意外に思われるが、それには漱石の数多い門下生の中でも中心人物であった小宮豊隆《こみやとよたか》（一八八四～一九六六）が関係する。一九〇五（明治三十八）年、東京帝国大学独文学科入学の際保証人を依頼したことがきっかけで小宮は漱石に出会い、一九〇九（明治四十二）年から漱石主宰《しゅさい》の「朝日文芸欄」の編集担当となった。同じ門下生阿部次郎（後述）の推薦で東北帝国大学法文学部ドイツ文学講座の教授に就任し、一九四〇（昭和十五）年から附属図書館長を務めることとなった。小宮豊隆と阿部次郎の力で一九四三（昭和十八）年に東北帝国大学が夏目家から漱石の蔵書（書き込みが多いのが特徴）の購入を決定し、漱石の蔵書、手紙、日記などのほとんどが移送された。一九四五（昭和二十）年の東京大空襲で漱石山房《さんぼう》やのこりの遺品は灰燼《かいじん》に帰してしまったが、こうして、資料はあやうく戦火を免れることができた

のである。一九五〇（昭和二十五）年十月二十三日に日記や身辺自筆資料を加え、その後も漱石の句集や草稿、初版本などを購入し、東北大学「漱石文庫」が成立した。当初仙台市片平丁にあった図書館（現・資料館）に「ケーベル文庫」とともに収蔵された。その後、図書館の新築や改築に伴い変更され、現在は仙台市青葉区にある東北大学附属図書館本館二号館に、「狩野文庫」の貴重書などとともに収められている。なお、東北大学附属図書館では、インターネット上で、漱石に関する各種情報を提供している。

3　土井晩翠《どいばんすい》

一八七一（明治四）年～一九五二（昭和二十七）年、宮城県仙台市出身。東京帝国大学卒、詩人・英文学者。本名、林吉《りんきち》、本来、姓は「つちい」だったが、一九三二（昭和七）年に改称した。『オヂュッセーア』の翻訳で文化勲章を受章

土井晩翠は東京帝国大学在学中に『帝国文学』を編集し、詩を発表。男性的な漢詩調詩風で、第一詩集『天地有情』に対する評価では島崎藤村と併称された。代表作には『星落秋風五丈原』や、滝廉太郎の作曲で知られる『荒城の月』などがある。校歌、寮歌なども全国各地に多く残した。英文学者としては、ホメロス、カーライル、バイロンなどの翻訳がある。

土井晩翠の英語学習に強い影響を与えた人物は英語学者・教育家の斎藤秀三郎《ひでさぶろう》（一八六六～

一九二九）である。斎藤秀三郎は宮城県仙台の生まれで、一八七九（明治十二）年に東京大学予備門入学、翌年に工部大学校（現・東京大学工学部）に入学し純粋化学・造船を専攻、夏目漱石の師ともなるスコットランド人教師ディクソンに英語を学んだ。ディクソンの影響を受けイディオム研究を続け、『熟語本位英和中辞典』を執筆することになる。工部大学校を中退し仙台に戻り、仙台英学塾を開設したが、その学生の一人が土井晩翠であった。

斎藤秀三郎は一八九六（明治二十九）年十月には正則英語学校を創設、校長となった。土井晩翠は斎藤秀三郎逝去の時「斎藤秀三郎さんの死は国宝の損失でした」と述べている。斎藤秀三郎は一九〇四（明治三十七）年に東京帝国大学文科大学の講師となっている。夏目漱石も一九〇三（明治三十六）年から一九〇六（明治三十九）年まで東京帝国大学文科大学の講師をつとめており、接点をもっていた。

晩翠は明治四年の生まれで、漱石より四歳年下。二人とも英国に留学し、英文学を学び、晩翠は第二高等学校教授、漱石は第五高等学校教授を経て東京大学講師になり、高等学校教授に就任している。ともに、教師の職を辞して、文筆に生きる道を選んだのも、よく似ている。また、晩翠の処女詩集『天地有情』（明治三十二年四月）の題名や、漱石が晩年に到った思想「即天去私」の語はともに天の思想である。英文学者であり、漢文学と仏典に造詣《ぞうけい》が深いところも共通している。

晩翠がはじめて漱石と出会ったのは、一八九四（明治二十七）年夏八月、漱石の松島旅行

（瑞巌寺を詣でる）の途中、菖蒲田海水浴場のホテルにおいてであるという。晩翠は、漱石に対し「寡言《かげん》で厳粛な、奥深そうな学者」という印象を受けたと語っている。

漱石が英国留学のためプロイセン号に乗船した時、土井晩翠の結婚で媒酌人を務めた芳賀矢一も同船していたことが漱石の『渡航日記　手帳』から分かる。漱石は一九〇〇（明治三十三）年九月八日の午前八時にドイツ船籍プロイセン号で横浜から出航。神戸、長崎を経て、上海、福州、香港、シンガポール、ペナン、コロンボ、アデン、ポートサイド、ナポリ、ジェノヴァ、という航路をたどる四十一日間の船旅であった。同行した留学生は芳賀矢一（国文学者、福井県生まれ）、藤代禎輔《ふじしろていすけ》（独文学者、千葉生まれ）ら総勢五名。万博を見るためにパリに立ち寄った時の日記に次のように記されている。

明治三十三年十月二十六日（金）日記（ルビは筆者）
「朝浅井忠氏ヲ訪《と》フ夫《それ》ヨリ芳賀藤代二氏ト同ジク散歩ス雨ヲ衝《つい》テ還《かえ》ル樋口氏来《きた》ル」

4　志賀直哉《しがなおや》

一八八三（明治十六）年～一九七一（昭和四十六）年、宮城県石巻生まれ。白樺派を代表する小説家で、「小説の神様」の異名を持ち、自らを題材に採った告白小説・私小説を中心として執筆。代表作は『暗夜行路』、『和解』、『小僧の神様』、『城の崎にて』。一九九四（昭和二十四）年に文化勲章を受章している

志賀直哉は、武者小路実篤、有島武郎らと「白樺」を創刊し、以降「白樺派」として戦前の小説界を牽引《けんいん》した。志賀は、漱石の「創作家の態度」を聴いた日の日記（明治四十一年二月十五日）に「中でも夏目さん最も面白く有益なりき」と簡潔に記しており、夏目漱石を一番好きな作家として敬愛していた。

「――僕が一番好きな作家は、やはり夏目さんであった。夏目さんは大学で講義を聴いたこともある。向こうからも僕の作品に好意を持っていてくれ、朝日新聞に続き物を出すよう云ってくれたりしたので二度程訪ねた事があり、人間的に敬意を持っていた。」『新潮日本文学八・志賀直哉集』月報「志賀直哉・書き初めた頃」より）

漱石が志賀にあてた手紙三通が『漱石全集』に所収されている。

大正三年四月二十九日（水）志賀直哉あて　書簡（ルビは筆者）

御手紙を拝見しました又関西へ御出のよし承知しました小説は私があらかじめ拝見する

必要はないだろうと思ひます夫《それ》から漢字のかなは訓読音読どちらにしてい、か他のものに分らない事が多いからつけてください夫《それ》でないとかえってあなたの神経にさわる事が出来ます尤《もっと》も社にはルビ付の活字があるからワウオフだとか普通の人だと区別の出来にくいものはいい加減にして置くと活版が天然に直してくれます

あなたに用の出来た時は仰せの通り麻布三河台へ手紙を上げる事にします　以上

四月二十九日　　夏目金之助

志賀直哉　様

5 石川啄木《いしかわたくぼく》

一八八六（明治十九）年〜一九一二（明治四十五）年、岩手県生まれ。明治時代の歌人・詩人・評論家。本名は、石川一《はじめ》。

与謝野鉄幹（寛）・晶子夫妻に師事。社会思想にめざめ、和歌の革新を志し、口語をまじえた三行書きで生活感情豊かに歌う。歌集代表作に、詩集『あこがれ』（一九〇五年）、歌集『一握の砂』（一九一〇年）、『悲しき玩具』などのほか、小説・評論などがある。

啄木は、子規の親友であった夏目漱石に対しては、強い興味を持っていたようだ。子規の没後四年後の一九〇六（明治三十九）年七月に書いた日記「八十日間の記」に次の記述がある。

「近刊の小説類も大抵読んだ。夏目漱石、島崎藤村二氏だけ、学殖ある新作家だから注目に値する。アトは皆駄目。夏目氏は驚くべき文才を持って居る。しかし「偉大」がない。島崎氏も充分望みがある。「破戒」は確かに群を抜いて居る。しかし天才ではない。」

一九〇八（明治四十一）年、北海道流浪の旅に終止符を打ち、上京した時には、やはり漱石の小説を読み、日記にこう記している。

「夏目の〝虞美人草〟なら一ヶ月で書けるが、西鶴の文を言文一致で行く筆は仲々無い。」

啄木は漱石について、否定的というより「この程度が評価されるなら、自分にも書けるぞ」という自信を深めていたのだろう。

明治四十二年、夏目漱石が『それから』を書いた時に最初に読んだ人間は啄木だった。石川啄木は朝日新聞社の校正係だったからである。ともかく、校正係と言わば文豪のような作家先生という関係で、年齢も非常に大きく違う。片方は東京帝国大学を出て、ロンドンへ留学して最新の学問を持って帰ってきたと言われる光輝く人、片方は盛岡中学を中退し、その後惨澹《さんたん》たる人生を生きた一人の青年である。

二人は同じ時期に朝日新聞にいたという他にも接点があった。一九一〇（明治四十三）年七月一日、社用も兼ね、啄木は入院中の夏目漱石を見舞う。啄木は入院中の漱石を二度も訪ねて語りあっている。そして、それが漱石にとっても重大な転換をもたらしたと思われる。一九一〇年夏の日記に漱石は、「七月一日、島村抱月来、高須賀淳平来、石川啄木来」と記している。このとき漱石は胃腸病院に入院していた。いわゆる修善寺の大患の直前の時期である。啄木はこれにつづいて七月五日にも訪ねている。漱石の日記には「七月五日　草平来。石川啄木来（スモークを借りに）」と書かれている。スモークとはツルゲーネフの『煙』の英訳本のことで、森田草平が漱石に返したのを、次に啄木が借りたものと思われる。当時、啄木は『煙』の翻訳者、二葉亭四迷全集の編集、校正をしていた。

石川啄木晩年の明治四十五年一月二十二日の日記がある。

「午頃になって森田君が来てくれた。外に工夫はなかったから夏目さんの奥さんへ行って十円貰って来たといって、それを出した。私は全く恐縮した、まだ夏目さんの奥さんにはお目にかゝつた事もないのである」

日記は、啄木からの手紙で窮状《きゅうじょう》を知った森田草平（夏目漱石の弟子）が、見舞金十円を持って啄木宅を訪れた時のものだ。実は、石川啄木、引っ越しの折りにも、森田と鏡子夫人から七円の見舞金をちょうだいしている。わずか半年の間に、鏡子夫人と森田経由で十七円の見舞金があったことになる。啄木は森田氏来訪の五日後、鏡子夫人あてに礼状を出している。漱石は、当時のこうしたお見舞い事情は知らなかったようだ。
その後、夏目漱石とは二葉亭四迷全集の編集に関わったことから面会の機会を得ることが出来た。明治四十三年の日記「四十三年中 重要記事」のなかに、次のように記している。

「文学的交友に於ては、予はこの年も前年と同じく殆ど孤立の地位を守りたり。一はその必要を感ぜざりしにより、一は時間に乏しかりしによる。森氏には一度電車にて会ひたるのみ、与謝野氏をば二度訪問したるのみなりき。以て一斑を知るべし。時々訪ね呉れたる人に木下杢太郎君あり。夏目氏を知りたると、二葉亭全集の事を以て内田貢氏としばしば会見したるとは記すべし。」

石川啄木が貧窮《ひんきゅう》のなかで、病苦と闘いながら亡くなったのは明治四十五年の春四月十三日であった。まだ二十六歳二カ月。そして、啄木の妻、節子夫人も一年後に他界するが、亡くなる間際に、次のような言葉を書き残したという。

「――森（鷗外）さん、夏目（漱石）さんによろしくお願いします」

啄木が病気になってからは、漱石から見舞金を二度受け取っている。明治四十五年四月十五日浅草等光寺で営まれた啄木の葬儀には漱石も参列している。

6　太田達人《おおたたつと》

一八六六（慶応二）年～一九四五（昭和二十）年、岩手県生まれ。大阪府第一中学校・秋田縣立秋田中学校・秋田縣立横手中学校・樺太庁大泊中学校などの校長を歴任した教育者

太田達人は南部藩の武士の家に生まれた。新設の盛岡中学（現在の盛岡一高）に入るが、新しい時代の波に目覚めて中退し上京、青山英和学校（現在の青山学院大学）に入学。さらに同郷人との交友の中で大学進学を志し、駿河台の大学予備門成立学舎に転校した。漱石とはそこで同級となり、大学予備門（後の旧制一高）、東京帝国大学と同学した。その時代を回想した『予備門時代の漱石』がある。太田達人は一八九三（明治二十六）年に同大学理科大学物理学科を首席で卒業した。

漱石は東北人の太田達人を敬愛し、大学予備門時代から無二の親友であった。晩年の自伝的作品『硝子戸の中』に友達「O《オー》」として登場させている。

「私が高等学校にいた頃、比較的親しく交際《つきあ》った友達の中にOという人がいた。その時分からあまり多くの朋友《ほうゆう》を持たなかった私には、自然Oと往来《ゆきき》を繁《しげ》くするような傾向があった。私はたいてい一週に一度くらいの割で彼を訪ねた。ある年の暑中休暇などには、毎日欠かさず真砂町《まさごちょう》に下宿している彼を誘って、大川の水泳場まで行った。

Oは東北の人だから、口の利《き》き方に私などと違った鈍《どん》でゆったりした調子があった。そうしてその調子がいかにもよく彼の性質を代表しているように思われた。何度となく彼と議論をした記憶のある私は、ついに彼の怒ったり激したりする顔を見る事ができずにしまった。私はそれだけでも充分彼を敬愛に価《あたい》する長者《ちょうしゃ》として認めていた。

彼の性質が鷹揚《おうよう》であるごとく、彼の頭脳も私よりは遥《はる》かに大きかった。彼は常に当時の私には、考えの及ばないような問題を一人で考えていた。彼は最初から理科へ入る目的を持っていながら、好んで哲学の書物などを繙《ひもと》いた。私はある時彼からスペンサーの第一原理という本を借りた事をいまだに忘れずにいる。」（『硝子戸の中』九）

漱石は大学に残って教授の道を歩むことができたが、太田は学資返済や弟妹の学資のために職に就かざるを得なかった。中等教員の道を歩み始めた太田最初の赴任校は石川県尋常中学校だった。赴任には漱石と交友関係があった狩野亨吉の影響があった。狩野は一八九二（明治二十五）年、金沢の第四高等学校に教頭代理として赴任。漱石や太田は、一八九〇（明治二十三）年ごろからはじまった狩野中心の「紀元会」のメンバーで、太田はその縁で卒業と同時に金沢に赴任することになる。のちに、大阪府第一尋常中学校長、教員養成を目的とする「北京京師大学堂師範館」（後の北京大学）の「副教習」に任命された。帰国後は、秋田中学校長（第十五代校長）、横手中学校長を経て樺太《からふと》の大泊中学校長に転任し、樺太生活十年を経た後、定年前の五十七歳で健康を害して退官、盛岡に帰った。

漱石は太田の風采について、彼が樺太から帰ってきて会った時の様子を次のように記している。

「Oは昔し林檎《りんご》のように赤い頬と、人一倍大きな丸い眼と、それから女に適したほどふっくりした輪廓《りんかく》に包まれた顔を持っていた。今見てもやはり赤い頬と丸い眼と、同じく骨張らない輪廓の持主ではあるが、それが昔しとはどこか違っている。

私は彼に私の口髭《くちひげ》と揉《も》み上《あ》げを見せた。彼はまた私のために自分の頭を撫《な》でて見せた。私のは白くなって、彼のは薄く禿《は》げかかっているのである。」（『硝子戸の中』十）

7　菊池寿人《きくちひさと》

一八六四（元治元）年〜一九四二（昭和十七）年、岩手県生まれ。明治二十六年東大国

文科卒、国文学者、第一高等中学校教授・一高校長

菊池寿人は夏目漱石より二つ年上だが、大学では同期である。東京帝国大学国文科の当時の本科生は正岡子規と菊池寿人の二人だけだった。菊池は明治二十六年に本科を卒業し、その後一高教授となった。漱石は在任わずか四年で一高を去ったが、菊池教授は生涯を一高にささげた。新渡戸稲造（岩手県生まれ、農学者・教育者）が一高校長の際には教頭であった。明治四十四年、校長新渡戸が日米交換教授に選ばれ渡米してからは、教頭の菊池が代わりを務めた。新渡戸は一年後に帰国し校長に復したが、健康が優れず、結局、退職することになった。菊池は教頭を続けたのち、大正八年一高校長に就任、同十三年までつとめた。十三年まで在職した亀井高孝は、この菊池寿人校長、斎藤阿具教頭、杉敏介幹事が三位一体で校務にあたった時期を「第一高等学校の最も充実した時代」だったと語っている。菊池には『野菊集』、『耕霞道人稿（菊池寿人遺稿）』などの著書がある。

英国留学から一九〇三（明治三十六）年一月に帰国した漱石が同年三月三日に転居し、一九〇六年十二月まで住んだ家は、漱石の学友で第二高等学校教授の斎藤阿具《あぐ》（歴史学者、埼玉県出身）の持ち家で、阿具のヨーロッパ留学中という条件で借りた。その阿具と菊池寿人は生涯にわたる親友であった。彼らがまだ学生であった明治二十七年の斎藤阿具の日記に、「九月十二日、午後菊池寿人氏ト今度寄宿舎ヲ出ラレタル夏目氏ヲ訪ヌ」とある（原武哲著『夏目漱石

と菅虎雄』所収)。斎藤が、あまり肌のあわぬ菊池と夏目のつなぎ役だったようだ。『漱石全集』書簡集などに書簡の所収はない。

漱石の『吾輩は猫である』三の金田夫妻の会話の中でピン助とキシャゴなる人物が出てくる。

「貧乏教師の癖に生意気ぢやありませんか」（中略）「うん、生意気な奴だ、ちと懲《こ》らしめの為にいぢめてやらう。あの学校にや国のものも居るからな」「誰が居るの？」「津木《つき》ピン助《すけ》や福地《ふくち》キシヤゴが居るから、頼んでからかはしてやらう」（『吾輩は猫である』三　ルビは筆者）

ピン助とキシャゴは苦沙彌《くしゃみ》先生をいじめる役として名前が出てくる。『吾輩は猫である』三を書いた明治三十八年三月初めごろ、漱石が勤務校で、両人から疎外されていると感じていたと思われる。苦沙彌は中学校の英語教師という設定であるが、そのモデルでありかつ筆者である漱石は、第一高等学校（一高）の英語教師であった。津木ピン助はその一高の国文の杉敏介《すぎとしすけ》教授である。一般に杉敏介《びんすけ》と言われていた。漱石はその杉を津木、敏介をピン助にした。年は漱石より五つ下である。福地キシャゴは同じく国文の菊池寿人教授である。キクチ・ヒサトの姓と名の頭子音を入れかえてフクチ・キシャゴとした。

両人の名は『吾輩は猫である』八にも再登場する。

主人《しゅじん》は是《これ》に於《お》いて落雲館《らくうんかん》事件を始めとして、今戸焼《いまどやき》の狸《たぬき》から、ぴん助、きしやご其《そ》のほかあらゆる不平を挙《あ》げて滔々《とうとう》と哲学者の前に述べ立てた。哲学者先生はだまって聞いて居《い》たが、漸《よう》く口を開いて、かやうに主人に説《と》き出した。「ぴん助やきしやごが何を云ったって知らん顔をして居《い》ればい丶ぢやないか。どうせ下《くだ》らんのだから。中学の生徒なんか構《かま》ふ価値があるものか。」（『吾輩は猫である』八）

8　安田秀次郎《やすだひでじろう》

一八七八（明治十一）年一月三日～一九二五（大正十五）年七月十二日、青森県生まれ。
歌人

父次三郎と母きよの三男として生まれた。東奥義塾を経て早稲田大学を卒業して帰郷し、りんご栽培に熱心だった長兄元吉の経営に参画《さんかく》しながら文学に親しみ、俳句や詩、短歌を作っては新聞や雑誌に投稿した。蛇苺や苺庵の号も用いた。最初は大和田建樹に傾倒し、仲間と明治三十六年に大和田建樹を板柳に招いて講演会を開いている。その後も徳富蘆花や安倍能成、尾崎行雄、与謝野寛夫妻など中央文壇人を板柳に招いた。

安田秀次郎は最初、佐佐木信綱の『心の花』で詠出《えいしゅつ》し、先輩で板柳小学校訓導工藤大成らと名古屋の粟田広治の源語会板柳支部を作り、『東奥日報』に詩や短歌を発表した。また、明治四十一年頃から新詩社の『明星』に加わり、十一月の同誌終刊号では同人扱いで肖像写真と短歌八首が掲載された。しかし、温順な歌風そのままの性格のためか、『スバル』や第二期『明星』に短歌がわずかに見られる程度で、その後は大きな活躍はなかった。

大正十五年、四十七歳という若さで病死をしたが、与謝野寛は第二期『明星』（九の二）で清廉にして独歩、純情素朴な人柄としてその死を悼《いた》んだ。

夏目漱石がりんごを送ってくれた青森県北津軽郡板柳村安田秀次郎にあてた手紙がある。

明治四十四年三月十六日（木）安田秀次郎あて　書簡（ルビは筆者）

拝啓御書面にてかねて御恵投の旨被仰越たる國光一名雪の下の一箱昨十五日午後漸く到着実はあまり大きくて厳重に打ち付けてあるのでまだ蓋《ふた》を開け不申候御心にかけられ遙々の御寄贈うれしく受納仕候御地は寒気未だ烈しかるべく折角御自愛祈り候小生退院後さしたる変化も無之此分にてはまづ大丈夫と存じ候久しく歩行せざりし為めあるくと足のかゝと痛み頗る苦痛を覚え候一度は北の國へも遊び御園の林檎《りんご》の模様抔拝見致度ものと存居候がまだ仙台以北に行く機会なくて今日迄打過ぎ申候

先ずは右御礼迄　草々

三月十六日　　　　　　　　夏目金之助

安田秀次郎　様

この他、漱石が安田にあてた明治四十一年四月十七日と明治四十五年四月二十五日の手紙や明治四十一年四月十九日のはがきもある。

徳冨蘆花《とくとみろか》（本名は徳富健次郎、一八六八（明治元）年十二月八日～一九二七（昭和二）年九月十八日、熊本県生まれ）は、漱石や逍遥《しょうよう》と同時代を代表する西の小説家で『不如帰』が代表作である。ジャーナリスト蘇峰の弟で、妻愛子をめぐり兄と確執。漱石にはライバル心を持っていた。「漱石のように書けない。しかし漱石に書けぬ領分があるはず……」と言っている。その徳冨蘆花が安田秀次郎にあてた書簡二通とはがき二枚がある。青森県板柳町福野田灰沼地内中央アップルモールには文学碑・安田秀次郎歌碑（平成十七年十二月十日建立）がある。

ゆたかにも秋とりいれて新しはりくみて月みる小山田の里　安田秀次郎

9　市川文丸《いちかわふみまる》

一八七九（明治十二）年～?、青森県生まれ。『永日小品』「山鳥」のモデル

市川文丸は明治十二年七月、青森県八戸市是川の市川武雄の長男として誕生。八戸中学校を経て早稲田大学に進学。在学中に小説家を志して夏目漱石に私淑《ししゅく》。作品を何度か漱石に見てもらいアドバイスを受けていたが、その後、残念ながら作家を断念した。漱石が市川文丸にあて

た明治四十一年一月二十六日の手紙と次にあげる明治四十二年一月七日の手紙がある。

明治四十二年一月七日（木）市川文丸あて　書簡

拝啓御帰省中の由承知仕候定めて雪深き春を迎へられたる事と存候当地別に変わりたる松飾もなく無事の正月に候御恵送の山鳥*一羽安着御芳志難有候先年の一夕を思ひ出し候来る人あらば又一椀の羹をわかたんと存候御用立申候金子については御心配無用に候寒気烈敷砌随分御自愛可然　草々頓首

一月七日　　夏目金之助

市川文丸　様

*書中の山鳥は『永日小品』十一番目の短編「山鳥」のモデルとなっている。

「五六人寄って、火鉢を囲みながら話をしていると、突然一人の青年が来た。名も聞かず、会った事もない、全く未知の男である。紹介状も携えずに、取次を通じて、面会を求めるので、座敷へ招じたら、青年は大勢いる所へ、一羽の山鳥を提げて這入って来た。初対面の挨拶が済むと、その山鳥を座の真中に出して、国から届きましたからといって、それを当座の贈物にした。」（『永日小品』十一番目の短編「山鳥」）

10　狩野亨吉《かのうこうきち》

一八六五（慶応元）年～一九四二（昭和十七）年、秋田県大館出身。東京帝国大学卒、一高校長、京都大学文科大学長、教育哲学者。江戸時代の特異な思想家、安藤昌益を発見

狩野亨吉は『漱石と自分』のなかで漱石などとの交友関係に関して詳しく述べている。漱石の人物評もあり興味深い。

「夏目君に最初に會つたのは死んだ山川信次郎氏の紹介であつたと思ふ。尤《もつと》もこれよりも前に自分が全然關係が無かつたといふわけでもない。日本で最初に中學校令の發布によつて出來た東京府第一中學に、明治十二年に自分は入學したのであるが、その折夏目君も又同じ學校に入つてゐた。しかしその頃は無論お互に知らずに過ごして何の記憶もない。

（中略）

夏目君と自分が一番多く會つてゐたのは熊本時代で、自分が行くより先に彼は行つてゐたのであるが、その時分は毎日のやうに會ふ機會があつたが、大してお話するやうな事柄も記憶にない。その後夏目君が洋行して、ロンドンの宿で鬱ぎ込んでゐるといふ消息を誰

かが持って來た。慰めてやらなければいかんといふのだが、その第一の理由は熊本へ歸りたくない、東京へどうかして出たいといふにあるらしい。

そこで自分が其頃は熊本から一高へ來て校長をしてゐたので菅君や山川君が夏目を一高へ取れといふ。しかし熊本から洋行して歸つたらすぐに一高へ出ると言ふのではまづいので、大學の方で欲しいといふことも理由となつて遂に一高へ來ることにきまつた。

それですぐロンドンへ東京に地位が出來るといふことを報せる爲電報を打つた。それに對する返事だと思ふが長文の手紙を寄越した。その手紙は菅、大塚、山川、自分などに連名で宛てたもので、相當に理窟ぽいことも書いてあつたやうに覺えてゐる。その手紙は確自分が持つてゐる筈と思ふが、あるとしても一寸探し出せないやうなところに入つてゐるのだらう。先日このことを一寸人に話したら探し出し度いと言つたが、骨折つて探して見ても確にあるかどうかわからないから無駄だと言つて置いた。（中略）

夏目君は一體に無口の方であり、自分もあまりしやべらぬ方であつたから、家へたづねて行つても此方がしやべらなければ向ふもしやべらぬと言ふ調子であつた。後年お弟子達が多く出入りするやうになつてからこの氣風は大分變つたのだらうと思ふ。」（談）（東京朝日　昭和十年十二月八日）（『狩野亨吉遺文集』岩波書店一九五八（昭和三十三）年十一月一日第一刷）

狩野亨吉が東京帝国大学文科大学在学中、英文科在学中の夏目漱石と親しくなった。その後、狩野は大学院入学。教育者の道を歩み、一八九二（明治二十五）年、金沢の第四高等中学校教授となる。一八九四（明治二十七）年に退職し、一八九六（明治二十九）年、夏目漱石の招きで熊本の第五高等学校に赴任。一八九八年、三十四歳の若さで第一高等学校の校長（一八九八年～一九〇六年）となる。夏目漱石が英国留学後、一高講師になったのは狩野の推薦による。名校長の誉れが高く、一高の校風はこの時期に確立したといわれている。後任の校長（一九〇六年～一九一三年）は、新渡戸《にとべ》稲造（岩手県盛岡生まれ、思想家・教育者で英文『武士道』などの著書がある）であった。

一九〇六年には京都帝国大学文科大学初代学長（現在の文学部長に相当）に就任し、内藤湖南、幸田露伴ら正規の学歴がない民間学者を京大に招き、波紋を呼んだ。英文科に夏目漱石を招くことも強く望んでいたが、漱石が拒絶し、朝日新聞社に入社したのは有名である。以後も交友関係は続き、漱石の葬儀にあたり、友人代表として弔辞《ちょうじ》を読んでいる。

学長となった一九〇六年十月二十三日、漱石は、「狩野さんから手紙が来た。そこで何の用事かと思つて開いて見たら用事でなくて只の通信であつた。夫《それ》で僕は驚ろいた」と日記に記し、狩野に長文の手紙を二通返信している。その一通は次のとおりである。

一九〇六（明治三十九）年十月二十三日（火）狩野亨吉あて　書簡（一部抜粋）

僕は世の中を一大修羅場と心得てゐる。さうして其内に立つて花々しく打死をするか敵を降参させるかどつちかにして見たいと思つてゐる。敵といふのは僕の主義僕の主張、僕の趣味から見て世の為めにならんものを云ふのである。世の中は僕一人の手でどうもなり様はない。ないからして僕は打死をする覚悟である。打死をしても自分が天分を尽くして死んだといふ慰藉があればそれで結構である。

漱石は温泉好きをうかがわせる次の手紙を狩野亨吉に送っている。

明治二十八年五月十日（金）狩野亨吉あて　書簡（一部抜粋）

道後温泉は余程立派なる建物にて八銭出すと三階に上り茶を飲み菓子を食ひ湯に入れば頭まで石鹸で洗って呉れるといふ様な始末随分結好に御座候。

なお、一九一二（明治四十五）年から一九一三（大正二）年にかけて、十万点以上の貴重な蔵書を東北帝国大学に売却《ばいきゃく》。この蔵書は、同大学図書館に「狩野文庫」として、前述したように漱石のコレクションと一緒に所蔵されている。

11　山形県立荘内《しょうない》中学校

第六代校長　羽生《はにゅう》慶三郎、一九〇〇（明治三十三）年八月〜一九〇九（明治四十二）年三月まで在任。現在の山形県鶴岡市にある山形県立鶴岡南高等学校

漱石は五高時代も学生の面倒見はよかったが、一九〇五（明治三十八）年東京帝国大学でも一層顕著で、学生の最も関心のある就職の件で興味深い出来事があった。山形県立荘内中学英語教師の求人紹介をしているのだ。求人依頼をしたのは第六代校長羽生慶三郎であった。羽生校長は漱石と同じ年の一八六七（慶応三）年二月十九日長野県飯田に生まれ、明治二十七年七月十日に東京帝国大学法科大学を卒業した。同年七月三十一日に熊本裁判所の検事代理として赴任し、八月二十一日から熊本第五高の法学通論及び英語教授嘱託となり、明治二十八年二月八日に熊本第五高教授となった。その後、明治三十三年八月二十九日に熊本から山形県の荘内中学校に校長として着任した。羽生が紹介を漱石に頼んだのは、漱石が明治二十九年四月から第五高講師、明治三十年から教授となり、明治三十三年十一月に現職のまま英国留学をするまで、羽生校長と同じ職場にいた縁であると考えられる。

漱石が紹介をしたのは浜武元次（長崎出身、千葉県安房郡、佐世保市に住み、秋田市築地本町（静養））、金子健二（新潟出身、一八八〇〜一九六二、長野県飯田中学校に就職、広島高

等師範学校、静岡・姫路高校教授、昭和女子大学長歴任、『英吉利自然美文学研究』、『人間漱石』の著作がある）、佐治秀寿（福岡生まれ、浦和中学に就職、一高教授）の三人であった。

明治三十八年七月十五日（土）浜武元次あて　書簡

拝啓　庄内中学*にて英語教員一名入用の由にて相談をうけ候月給は六十のよし或は六十五位になるかも知れず小松の方も未決中なれば此方へも履歴を出して置いては如何か石川へかゝり合ふ事は小生より先方へ通知致候今度推挙致す人は佐治氏金子氏と君三名を挙ぐるつもりに候もし御覚召もあらば履歴書一通郵便にて御廻付願上候　以上

夏目金之助

七月十五日

浜武　君

座右

同様に、金子健二にも明治三十八年七月十五日に手紙を書いている。

明治三十八年七月十五日（土）金子健二あて　書簡

拝啓　庄内中学にて英語教員一名入用の趣にて相談をうけ候月給は六十円のよし御覚召

あらば履歴書下名迄御送被下度候（郵便でよろし）尤《もっと》も同時に佐治、浜竹両氏も希望とあれば推挙致すつもりに候へども前両氏はすでに他の学校へも交渉相つき居候故如何相成るや預じめわからりがたく候右御含迄申添候　以上

夏目金之助

七月十五日

金子健二　様

金子はその日の日記に「厚情謝するに余りあれど予は庄内の如き僻地《へきち》に行くを好まざるなり」（『人間漱石』金子健二著）と記している。金子は僻地勤務を嫌い、三日後に祖母が急死したことなどで履歴書を送らなかった。

浜武は履歴書を送付したらしいが、荘内中学へは行かなかった。次の手紙は月給七十円へ賃上げ交渉をしたともとれるものである。

明治三十八年八月三日（木）浜武元次あて　書簡（ルビは筆者）

先刻は失敬本日午後庄内中学校長羽生慶三郎氏来訪色々君のことを話したからともかくも逢って見た玉へと云ったら明日晩八時頃ひまがあるなら左記の処で逢って見たいと云ふた。番地は築地明石丁四十九番地屋代芳吉方（ラベス商会の裏）

先方では大に希望があるが七十円出すのを困難に感じて居る。僕は七十以下では英文卒業生は庄内抔《など》へ行かぬと云ふて置いた。兎も角君をとるかとらぬか分からぬ。君も行くか行かぬか分からぬが逢って様子を見るのもよかろうから定刻に出掛けて見給へ。先方から君を尋ねてもよいと云ふたが下宿だか（ら）本人が出る方が便利だろうと申した。此会見はきめる為の会見でないから月俸其他で不調になるかもしれない其代わり君も断はる事は自由である。

八月三日　　夏目金之助

浜武元治（次）様

結局、この求人紹介は不調に終わり、漱石の息のかかった英語教師「荘内中学」赴任は実現しなかった。

＊筆者注＝「庄内中学」の記述は、正確には「荘内中学」（現在の山形県立鶴岡南高等学校・筆者の母校）である。明治二十一年の創立で以来創立百二十五周年を超え（二〇一三年現在）、約三万名の有為な人材を輩出している。在籍や卒業した文芸人や学者など著名人に『坊っちゃん』で述べた丸谷才一（一九四三年卒）、後述する阿部次郎（一九〇一年在籍）、藤沢周平（一九四六年夜間部卒）、渡部昇一（一九四八年卒）、などがいる。

12　畔柳芥舟《くろやなぎかいしゅう》

一八七一（明治四）年〜一九二三（大正十二）年、山形県生まれ。本名都《くに》太郎。第一高等学校教授、英文学者・評論家。著書に『文談花談』などや、市川三喜と共編『英語大辞典』（冨山書房）がある

畔柳芥舟が大学一年の時、漱石は大学院生。漱石がロンドンから帰国後の明治三十六年に赴任した第一高等学校の同僚である。彼と漱石が大学講師時代に交換した書簡が多数ある。漱石に山形の特産品のひとつである「サクランボ」（漱石は「桜の実」、「桜ん坊」、「桜坊」などと記述）を持参したり贈ったりしている。漱石が芥舟《かいしゅう》を「桜坊大人」とも言っている。「桜坊」は漱石の造語のひとつといわれる。ここでいくつかの「さくらんぼ」にかかわる手紙を紹介する。

明治三十七年十二月三十一日（土）畔柳芥舟あて　書簡（ルビは筆者）
昨日は失敬其節申上た大坂の蕪《かぶら》漬け乍軽少御目にかけ候間御風味可被下候多いと石を壓《お》す方があぢが変わらんでよいさうだけれど少し計りだから夫にも及ばぬ事と存候
蕪を送ればとてかぶを食って新年に羊にでもなりたまへといふ謎ぢゃない度々桜坊の御

馳走になるから御返礼と思って差上げますのですよ
蕪居士

桜坊大人

座下

明治三十七年六月二十七日（月）畔柳芥舟あて　持参状

梅雨漸くはれて少々うれしき天気と相成申候植物研究も定めてはかどる事と存候　ちと気焔を吐きに御光来可被下候小生転宅の野心を起こし本郷小石川は勿論四谷麻布青山辺迄詮索甚だ汗の出る事に候

採点それこれにて存外手間取り御迷惑の事と存候別紙御廻付及候間可然御取計願上候以上

君に桜の実をもらひ其後ある人よりビスケットを貰ひ両三日前乙なる西洋料理を御馳走になり果報相つづき候結果下痢を催ふし試験調もものうく候　（金）

明治四十四年五月十二日（金）畔柳芥舟あて　書簡（ルビは筆者）

拝啓此間一寸御尋ねしたら御留守で残念でした。此頃新聞で見ると山形が大火*で全市悉《ことごと》く烏有《うゆう》に帰すと云う様な凄い事が書いてありますがあなたの家も多分焼けたんぢゃないかと思ふと甚だ驚かれます或いは屋敷町かない（ん）ぞで助かったら夫こそ結構に存じます。もう当分桜ん坊も頂けない事と諦めます。少々後れましたが御見舞迄に一寸申し上げます。草々

金之助

＊筆者注　山形の大火：一九一一年五月八日夕、山形市繁華街から出火、折からの強風で延焼、県庁も全焼、焼失二千余戸の大火

なお、「サクランボ」は「桜桃」とも呼ばれ、初夏の味覚で夏の季語でもある。山形県の県の木であり、全国の生産量の約七割を占めている。佐藤錦《さとうにしき》が国内で最も多く生産されている品種で、山形県東根市（生産量日本一の市）の佐藤栄助に因《ちな》んで一九二八（昭和三）年に命名された。

畔柳芥舟は朝日文芸欄に「倭人観場と柴漬《ふしづけ》」（明治四十二年一二月八日）、「猪の文学」（上・下）（明治四十三年一月三、四日）、また、「大学教授時代」（『漱石全集』別巻八・漱石言行録一三九～一四九頁　一九九六年、岩波書店）、なども執筆している。

13 高山樗牛《たかやまちょぎゅう》

一八七一（明治四）年〜一九〇二（明治三十五）年、山形県鶴岡市生まれ。本名は斎藤林次郎。東京帝国大学哲学科卒、美学者・文芸評論家

城下町である山形県鶴岡の酒井藩士斎藤親信《ちかのぶ》の二男として生まれ、二歳のとき父の兄高山久平の養子となった。中学時代から文才を発揮し、旧制第二高等学校（仙台）在学中、ゲーテの『若きウェルテルの悩み』を翻訳している。雑誌『帝国文学』創刊に参加し活躍し、後に雑誌『太陽』の文芸評論を執筆した。二高の教授として赴任したが、一年後再び『太陽』の編集主幹を務めるなど、多方面にわたる評論活動で問題提起した。日本主義を唱えたが、その後、ニーチェを賛美し個人主義に傾倒し、最後には日蓮主義に転じて、明治後期の青年らに人気を得た。樗牛は『時代管見』、歴史小説『滝口入道』などの作品を残している。日本美術の研究で文学博士の称号を得た明治三十五年の暮れ、三十一歳の若さで死去した。樗牛は「己の立てるところを深く掘れ。そこには泉あらむ」（筆者英語訳：Dig deeply where you stand. You will surely find a spring there.）という名言を残しており、山形県鶴岡市の鶴岡公園には二基の碑文「文は是《ここ》に至りて畢竟《ひっきょう》人なり命なり人生也」と「吾人は須《すべか》らく現代を超越せざるべからず」が存在する。

一九〇〇（明治三十三）年九月から漱石は英国留学をするが、同じ時期に三十九名の日本人が洋行し、うち滝廉太郎ら二十名が独へ留学した。その中のひとりになる予定であった高山樗牛も、審美学研究で独・仏・伊に留学予定であったが、吐血して辞退した。

漱石は「樗牛会」（明治三十六年発会、樗牛死後、畔柳芥舟らが故人を忍ぶため講演会など催す団体）について『硝子戸の中』（十五）に記載している。そして、樗牛を次のように批判している。

「樗牛なんて崇拝者は沢山あるがあんなキザな文士はない。」（明治三十九年二月十三日、森田草平あて書簡）

漱石が小宮豊隆にあてた手紙（明治四十年八月十五日（木））の中でも樗牛を批判する記述がある。

今の文壇に一人の評家なし批評の素質あるものは評壇に立たず。徒《いたづら》に二三子をして二三行の文字を得意気に朧列《ろれつ》せしむ。

英、仏、独、希臘《ギリシャ》、羅句をならべて人を驚かす時代は過ぎたり。巽軒氏《そんけんし》は過去の装飾物なり。いたづらに西洋の自然主義をかついで自家の東西を辨《べん》ぜざるもの亦将《またまさ》に光陰の過ぐるに任せて葬られ去らんとす。而る後批評家は時代の要求に応じて起こるべし。豊隆先生之を勉めよ。樗牛なにものぞ。豎子《じゅし》只覇気を弄《ろう》して一時の名を貪《むさぼ》るのみ。後世もし樗牛の名を記憶するものあらば仙台人の一部ならん。

また、漱石の談話『時機が来てゐたんだ』（明治四十一年九月十五日『文章世界』）では次のように批判している。

「其癖《そのくせ》世間に対しては甚《はなは》だ気炎が高い。何の高山林公抔《など》と思ってゐた。」

樗牛は一九〇一（明治三十四）年、雑誌『太陽』に評論を発表し、文壇を賑わした。ニーチェの思想に感化され、我の開放と生命感の高揚を説いた「美的生活を論ず」である。美的生活を裏づける高山樗牛の感性あふれる人柄を示す名言がある。「天にありては星、地にありては花、人にありては愛、これ世に美しきもの最ならずや」である。その「美的生活」を漱石が皮肉ったと思われる表現が『草枕』の中に見られる。

「あの女を役者にしたら、立派な女形《おんながた》が出来る。普通の役者は、舞台へ出ると、よそ行きの芸をする。あの女は家のなかで、常住《じょうじゅう》芝居をしている。しかも芝居をしているとは気がつかん。自然天然《しぜんてんねん》に芝居をしている。あんなのを美的生活《びてきせいかつ》とでも云うのだろう。あの女の御蔭《おかげ》で画の修業がだいぶ出来た。」(『草枕』十二)

しかし、樗牛が文壇の風潮を変えた一人であることを漱石自身が認めている記述がある。

「僕が大学を出たのは明治二十六年だ。元来大学の文科出の連中にも時期によってだいぶ変わっている。高山が出た時代からぐっと風潮が変わってきた。上田敏君もこの期に属している。この期にはなかなかやり手がたくさんいる。僕らはそのまえのいわゆる沈滞時代に属するのだ。」(『僕の昔』)

樗牛は旧制二高在学中に叶わぬ恋を嘆き、仙台市青葉区を散策しては、小高い丘の上に生える松の木の下で瞑想に耽《ふけ》ったといわれている。現在の東北薬科大学構内にあるこの「樗牛瞑想の松」と呼ばれている松の木の台座に、級友であった土井晩翠の句碑「いくたびか こゝに真昼の 夢見たる 高山樗牛 瞑想の松」がある。

なお、漱石の門下生の畔柳芥舟は「故高山文学博士」(雑誌『明星』明治三十六年二月)を書いている。漱石が「樗牛会」での講演を断る芥舟あての書簡(大正二年十二月七日)もある。

14 阿部次郎《あべじろう》

一八八三（明治十六）年〜一九五九（昭和三十四）年、山形県生まれ。東京帝国大学哲学科卒、哲学者・評論家

阿部次郎は山形県旧松山町に生まれた。明治二十九年に荘内中学に入学したが、この頃から哲学を志していたと言われる。小学校校長や県視学（教育に関する視察・監督・指導の官職）を勤めていた父の転任で二年後、山形中学に転校した。五年生の時に特待生に選ばれたが、校長排斥運動で四人の仲間とともに放校処分を受けた。上京して京北中学に編入。明治三十四年に第一高等学校に入学し、岩波茂雄、安倍能成、一級下の斎藤茂吉などと交わった。その後、東京帝大哲学科に入学。卒業すると夏目漱石の「木曜会」門下生となり、漱石主宰「朝日文芸欄」に執筆を始め、一九一四（大正三）年四月、その名を不朽のものとする『三太郎の日記』（第壱）を刊行した。『三太郎の日記』は後に第参まで刊行された。これは二十五歳から三十一歳までの内面思索の記録である。四十歳で東北帝大教授に任ぜられ六十二歳で退官。その間、日本文化や芭蕉、ゲーテやニーチェ研究などで優れた業績をあげた。山形県松山町（現・酒田市）に「阿部記念館」がある。また、東北大学文学部は彼の没後四十年にあたる平成十一年十月に「阿部次郎記念館」（宮城県仙台市青葉区米ヶ袋三丁目四―二十九）を開館した。

阿部次郎は安部能成（教育、哲学）、小宮豊隆（独文、評論）、森田草平（詩、小説）とともに「漱石門下の四天王」のひとりに数えられるようになった。小宮豊隆とともに東北大学附属図書館に「漱石文庫」を成立させ、漱石の後輩にあたり、英国留学時にも漱石と交流を持った詩人・英文学者土井晩翠による「晩翠文庫」や、小宮豊隆の「小宮文庫」、自らの蔵書である「阿部文庫」として特殊文庫に加わっている。漱石との書簡などが多数ある。なかでも『門』の批評に関する一九一二（大正元）年の漱石の手紙がおもしろい。

大正元年十月十二日（土）阿部次郎あて　書簡

拝復。葉書をありがとう。『門』が出たときから今日まで誰も何もいってくれるものは一人もありませんでした。私は近頃孤独という事に慣れて芸術上の同情を受けないでもどうかこうか暮らして行けるようになりました。従って自分の作物に対して賞賛の声などは全く予期していません。しかし『門』の一部分が貴方に読まれて、そうして貴方を動かしたという事を貴方の口から聞くと嬉しい満足が湧いて出ます。私はこの満足に対して貴方に感謝しなければ義理が悪いと思います。私は私が喜んであなたのアップリシエーションを受けた事を明言するためにこの手紙を書きます。

『彼岸過迄』はまだ二、三部残っています。もし読んで下さるなら一部小包で送って上げます。それとも忙しくてそれどころでなければ差控ます。虚に乗じて君の同情を貪るような我儘を起こして今度の作物の上にも『門』同様の鑑賞を強いる故意《わざ》とらしき行為を避けるためわざと伺うのです。いずれ拝眉の上万々。

十月十二日

夏目金之助

阿部次郎　様

同様に、作品批評へのお礼の手紙が多くある。

明治四十三年六月二十一日（火）阿部次郎あて　書簡

拝啓　『それから』の御批評掲載おそく相成不相済候（五月二十一日）とある論文が丸一ヶ月後の六月二十一日掲載済になるのも何か最初から工夫したるやうの偶然に候。改めて申候御批評は上中下共立派に拝見特に中を美事に存候。下は『それから』の筋を明瞭に記憶してゐる人でないと読むに骨の折れる所有之候。然し長いものを短かくつゞめる為には已むを得ぬ訳かとも被存候兎に角中を読んだ時は突然自分が偉大に膨張した様に覚え後で大いに恐縮致候。

御蔭を以って『それから』も立派な作物と相成候。作家は批評により始めて理解せらるべきものかと思ひ候位に候。多くの作者が一二行の悪口で葬らるゝ中に小生は君の如き批

評を受くるは面目にも光栄にも有之改めて御礼申上候。草々頓首

六月二十一日

夏目金之助

阿部次郎　様

明治四十三年八月二日（火）　阿部次郎あて　（はがき、ルビは筆者）

入院中は御身舞難有候漸く軽快退院致候
右御礼旁《かたがた》御通知申上候　草々

明治四十四年一月六日（金）　阿部次郎あて　（はがき）

恭賀新年
能勢（成）が来て君に「それから」を評してもらへと申します。さうして本を一部送れと申します。本は便次第送ります。御批評は願ひます。（朝日文芸欄なら二三回以下にて）

大正元年十月十二日（土）　阿部次郎あて　（はがき、「門」読書お礼　ルビは筆者）

玉稿たしかに落掌御多忙中難有存候紙面の都合次第掲載可仕候《つかまつるべく》
只今森田氏不在につき小生より御礼申上候　早々

以上の他、『漱石全集』（別巻八・漱石言行録）に「夏目先生の談話」（三四八～三五九頁）、朝日文芸欄に「自ら知らざる自然主義者」（明治四十三年二月六日他）、などの執筆がある。

15　斎藤茂吉《さいとうもきち》

一八八二（明治十五）年～一九五三（昭和二十八）年、山形県上山市生まれ。東京帝国大学医科大学卒、歌人・医師。長男は精神科医でエッセイストの斎藤茂太《しげた》（一九一六～二〇〇六）、次男が本名斎藤宗吉・小説家の北杜夫《きたもりお》（一九二七～二〇一一）である。北杜夫は『夜と霧の隅で』（一九六〇年）で芥川《あくたがわ》賞を受賞し、『どくとるマンボウ航海記』（一九六〇年）や『楡家《にれけ》の人々』（一九六四年）などの作品を書いている

東京帝国大学医科卒業後、精神科医になった。明治三十八年、正岡子規の『竹の里歌』を読み作家を志した。雑誌『アララギ』を編集し、歌集『赤光』はじめ歌集十七冊。七十一年の生涯で歌集十七冊、歌約一万八千首にのぼる。短歌「死にたまふ母」、「最上川」などがある。他に、柿本人麻《かきのもとひとまろ》の研究や、近代歌人の研究を手がけ、歌論、随筆を著している。文化勲章を受章（一九五一年）。故郷の山形県上山市に「斎藤茂吉記念館」がある。

斎藤茂吉は第一高等学校で夏目漱石の講義を受けている。茂吉が長塚節《ながつかたかし》の死を漱石に伝えた手紙に対する、漱石の返信がある。

大正四年二月九日（火）斎藤茂吉あて（はがき）

拝啓　長塚節氏死去の御通知にあづかりありがとう存じます、実は昨日久保猪之吉君から電報で知らせて来てくれた処です、惜しい事を致しました。私は生前別に同君の為に何も致しませんのを世話をしたやうに思つてゐられるのでせうか。何うも気の毒でなりません。

次は手紙である。

大正四年二月十七日（水）斎藤茂吉あて　書簡

拝啓　長塚節君の死去広告中友人として小生の名前が若し御入用ならばどうぞ御使用下さい小布施君がわざゝ御出には及びませんから、其位の事で長塚君に好意が表せるものなら私は嬉しく思ひます（後略）

夏目金之助

斎藤茂吉　様

なお、長塚節（一八七九～一九一五）は茨城県生まれの歌人・小説家で、夏目漱石の推挙で長編『土』を東京朝日新聞に連載した。

ところで、前述した通り漱石の門下生である小宮豊隆とは論争を行なった。小宮豊隆は能や歌舞伎や俳句などの伝統芸術にも造詣《ぞうけい》が深かった。松尾芭蕉に関して、一九二五（大正十四）年から、「閑《しずか》さや岩にしみ入る蝉《いるせみ》の声」に出てくる蝉《せみ》はアブラゼミかニイニイゼミかという問題を巡って二年にもわたる論争をし、小宮は「しづかさや、とか、岩にしみ入るといった表現は、威勢のよいアブラゼミにはふさわしくない。この蝉は、ニイニイゼミであろう」と主張した。結局、この句は旧暦五月二十七日（新暦で七月下旬）に山形県山寺《やまでら》の立石寺《りっしゃくじ》で作られたことと、この時期に山形でアブラゼミは鳴かないことが明らかになり、アブラゼミだと主張した斎藤は論破された。

斎藤茂吉の生家には小学校卒業後に進学するだけの経済面の余裕が無く、茂吉は、画家になるか寺に弟子入りしようかと考えたが、東京・浅草で医院を開業するも跡継ぎのなかった親戚で同郷の医師、斎藤紀一の家に養子候補として厄介《やっかい》になることとなった。上京したのは十五歳の時であった。医師となった後、三十一歳のときに紀一の次女・輝子と結婚して斎藤家の婿養子となった。茂吉の長男斎藤茂太は『精神科医三代』（中公新書　昭和四十六年刊）の中で、漱石が英国留学から帰国時の船には、ドイツ留学を終えた精神科医・斎藤紀一がたまたま同乗しており、精神科医の同乗を知った夏目の親族は、これを夏目が精神病を患っているためであろうと心配したと記している。

16 新海竹太郎《しんかいたけたろう》

一八六八（慶応四）年〜一九二七（昭和二）年、山形県山形市生まれ。彫刻家、号は「古竹」

新海は陸軍除隊後、後藤貞行、小倉惣次郎に彫塑《ちょうそ》を学び、一八九八年日本美術院創立に参加した。一九〇〇年渡欧し、ベルリン美術学校教授のヘルテルに学んだ。現実感の中にも抒情味をたたえた「ゆあみ」や、単純化された形態のうちに枯淡《こたん》な味わいを持つ「不動」などの作品がある。四十八歳の時（一九一六（大正五）年）森田草平の提案で、漱石のデスマスクを作成した。『漱石の思い出』によれば、デスマスクの原型は製作者が所有し、一面は夏目家に保存、もう一面は大阪の朝日新聞社に寄贈されたとのことである。夏目家のもの（次男伸六が子どものころ、お面として遊んだとされる）は、一九四五（昭和二十）年四月二十四日の空襲で家屋と共に焼失し、朝日新聞社のものも一時は行方不明になっていたが、夏目漱石生誕百年記念展には昭和四十年に複製されたものが出品されたという。新海は森鷗外のデスマスクも一九二二年に作成している。山形市にある山形美術館に新海竹太郎と甥《おい》の新海竹蔵《たけぞう》（斎藤茂吉のデスマスクを作成している）の作品を展示している彫刻室がある。

漱石と新海は生前から付き合いがあり、手紙のやりとりをしたり実際に会ったりしている。

明治四十二年十一月三十日（火）夜　新海竹太郎あて　書簡（（　）内は筆者ルビ）
拝啓過日は森田草平まかり出御邪魔を致候朝日文芸欄に何か高説掲載の栄を得度《えたき》旨申出候由の処早速御承諾難有存候実は小生まかり出最初より篤と御依頼可申上筈の処色々用事立て込み不得已《やむをえず》森田に依頼致候訳に有之候間あしからず御容赦被下度候
目下開店早々にて、しかも森田事こっちの了見も知らず何だか編纂（輯）主任をしてまごつかせ居候御多忙中恐入候へども何か一般の文芸好に興味ありて分かる様な事御寄送願はれまじくや時下の問題に接触致し候へば猶更好都合に御座候右御願迄匆々如斯　以上

日記（『漱石全集』日記・断片　上、下　第一九巻、二〇巻　一九九五年　岩波書店）にも、次の記載があり、漱石との交流があったことを示している。

明治四十二年六月四日（金）日記（ルビは筆者）
「晴。歯医者へ行く。太平洋画会に行く。満谷国四郎に逢《あ》ふ。新海竹太郎・大塚保治両人来る。」

新海竹太郎は朝日文芸欄に「日本彫刻」（明治四十二年十二月七日）を執筆している（荒正人年表三六四頁）。

17　安達峰一郎《あだちみねいちろう》

一八六九（明治二）年七月二十七日～一九三四（昭和九）年十二月二十八日、山形県生まれ。外交官・国際法学者・国際司法裁判所長

安達峰一郎は父・安達久、母・しうの長男として山形県山辺町高楯に生まれた。明治十五年、山形師範学校中学師範学予備科（現山形東高校）に入学したが廃校となり、明治十七年、東京の司法省法学校に応募し、志願者一千五百余人の難関を最年少で、しかも二番の成績で合格。その後、第一高等学校（旧制一高）を経て東京帝国大学法科大学仏法科に入学した。大学では国際法を専攻、法理学者ボアソナードからフランス語を学び、英語とイタリア語も習得、卒業と同時に外交官となった。ポーツマス講和会議では小村寿太郎全権委員をたすけて条約草案の作成にあたり、大正八年の国際連盟創立以来、その重要な会議には必ず日本代表として出席、会議の主導的役割を果たし、たびたび議長にも推された人物である。第一次大戦後の複雑な国際情勢の中で、外交官として、国際司法裁判所長として、少数民族の権利擁護のために尽くした努力は各国から高く評価されている。安達峰一郎の正義と公平に基づく識見は「世界の良心」と称えられ、どの国からも厚い信頼と尊敬を得た。ジュネーブの「国際紛争平和的処理議定書」で日本だけが反対の立場に立ったとき、安達の各国代表に対して説明する様子を見て、

当時国際連盟事務次長であった新渡戸稲造は「安達の舌は国宝だ」とそのフランス語の説得力を誉《ほ》め讃《たた》えたという。

漱石が英国留学中の明治三十三年、十月二十二日フランスのパリ（日記に「パリス」と記載）に到着した日記がある。二十二日の日記には次のように記されている。日記の「安達」とは安達峰一郎である。

明治三十三年十月二十二日（月）日記（ルビは筆者）

「十時頃より公使館に至り安達氏を訪《と》う。あらず。その寓居《ぐうきょ》を尋ねしが又遇《あ》わず。浅井忠氏を尋ねしもこれまた不在にてやむをえず帰宿。午後二時より渡邊氏の案内にて博覧会を観《み》る。規模宏大《こうだい》にて二日や三日にて容易に観尽《みつく》せるものにあらず。方角さえ分らぬ位なり。「エヘル」塔に上りて帰路渡邊氏方にて晩餐《ばんさん》を喫《きっ》す。」

漱石はパリ博覧会を見るために、当時二等書記官（のちにフランス大使）をしていた安達峰一郎をたよってフランス公使館を訪ねたが、安達が留守で会うことはできなかったようだ。しかし、翌々日の二十四日には昼食を共にしている。

明治三十三年十月二十四日（水）日記（ルビは筆者）

「十二時半より安達氏方に赴《おもむ》き昼食の饗応《ちそう》あり。六時頃帰宅。宿にて晩餐《ばんさん》を喫《きつ》す。就寝。」

安達峰一郎はオランダで心臓病を患い六十五年の生涯を終えた。オランダ国はその死を悼み、国葬を申し出た。一九三五（昭和十）年一月三日、葬儀はオランダ国と常設国際司法裁判所の合同葬としてハーグの平和宮で執り行われた。東京の安達峰一郎記念財団と山形県山辺町北部公民館には、彼をしのぶ遺品等が保存・展示されている。

勲六等単光旭日章（一八九五年）、勲五等瑞宝章（一九〇〇年）、勲一等瑞宝章（一九一二年）、勲一等旭日大綬章（一九二〇年）、勲一等旭日桐花大綬章（一九三四年）の受章をはじめ、約四十年にわたる国際社会での功績に対して、十二カ国から第一級の勲章が感謝を持って贈られた。中には勲章制度を新たに創り、その第一号を博士に贈った国までもある。

18　住田《すみた》　昇《のぼる》

一八五八（安政五）年〜一九〇四（明治三十七）年。鳥取県生まれ。『坊ちゃん』の「狸校長《たぬき》」モデル、『住田日記』。山形県師範学校（現山形大地域教育学部）と山形県中学校（現・県立山形東高校）の兼任教頭、愛媛尋常中学（松山中学）校長

『住田日記』が山形県立山形東高等学校同窓会文庫に寄贈され所蔵されていることを知ったの

は二〇〇六（平成十八）年新春の頃だった。当時筆者が勤務していた山形県博物館館長室に、元山形県立山形東高等学校校長で、当時山形県生涯学習文化財団理事長を務めていた日野顕正氏がかなり傷んだ『住田日記』（明治二十一年一月から二十二年七月までの分を一冊に綴じたもの）を表装・製本したいと相談に来られたのだ。一九六三（昭和三十八）年に令孫から山形東高校に寄贈されたもののとのことである。長男（日記寄贈者の父）誕生の喜び、同僚との交遊、宴席の様子、公務出張の様子など、山形時代の生活の様子をうかがい知ることが出来る貴重なものである。詳細は「『坊っちゃん』の狸校長と山形中学」（『東友会通信』第二百二十六号（平成十八年一月二十日）日野顕正記、「『坊っちゃん』の〝狸校長〟と山形」『山形新聞』（平成十八年三月七日夕刊）日野顕正記、に譲ることとする。

住田昇は、東京師範学校中学師範学科を卒業し、一八八五（明治十八）年物理学の教員として「山形県師範学校・山形県中学校」に赴任し、二十七歳から三年間、教諭として、後に教頭として勤めた。一八八九（明治二十二）年十二月二十五日に四年間暮らした山形を去っている。その後、明治二十三年には熊本県尋常師範に転勤（教頭、後に校長）し、のちに、松山愛媛尋常中学校長となる。明治二十八年、二十八歳の夏目金之助を嘱託教員（月給八十円・前任者米人教師カメロン・ジョンソンの給与枠のため）として松山中学に迎え、『坊っちゃん』の「狸校長」のモデルになる因縁《いんねん》が生じた。ちなみに、三十八歳の住田校長は月給六十円であった。『坊っちゃん』ではかなりデフォルメされており、日記からは勤勉で誠実な、良き家庭人であったと推察できる。

19　田中菊雄《たなかきくお》

一八九三（明治二十六）年～一九七五（昭和五十）年、北海道生まれ。英語学者。旧制山形高校・山形大学教授

田中は、独学で（正則英語学校で斎藤秀三郎に英語を習い認められたともいう）英語を学び、小学校卒だけで大英語学者になった独学力行の人だ。小学校卒業で国鉄に入り、十八歳で小学校代用教員に採用、翌年正教員となった。二十四歳で上京し、鉄道院に務めながら夜間英語専門学校に通学した。一九二一年に恩師の口利きで広島県呉中学校教師となる。翌年十月文部省から試験検定（いわゆる「文検」）による英語科中等教員免許状が下付され、晴れて呉中学校教諭となった。四年間英文学の研究に勤しみ、一九二五（大正十四）年七月には試験検定に合格し高等学校教員免許状を手にした。このとき田中は三十二歳であった。新潟県長岡中学に勤務した後、大正十五年に富山高校教授となり、一九三〇（昭和五）年に旧制山形高校（現在の山形大学）に教授として転任。一九四九（昭和二十四）年五十六歳で新制山形大学教授となった。田中教授に薫陶《くんとう》を受けた英語教師が数多くいる。

一九六〇年、山形大学を退官し、その後神奈川大学に勤務した。同僚の島村盛助《もりすけ》（一八八四

〜一九五二、英文学者）と土居光知とともに『岩波英和辞典』（一九三六（昭和十一）年岩波書店）を、編纂《へんさん》した。残念ながら田中たちの作ったそれは絶版となっている。『わたしの英語遍歴』（一九六〇年研究社）、『英語研究者のために』（一九四〇年、一九五六年三笠書房、一九九二年講談社学術文庫）、『現代読書法』（一九八七年、講談社学術文庫）の著書がある。島村盛助《もりすけ》は、埼玉県出身で、旧制山形高校教授となった人物である。島村にとって第一高等学校時代の恩師にあたる夏目漱石とは、卒業後も漱石の門下生として親交があり、入院している漱石を見舞った時のお礼が書かれている漱石の盛助あての葉書（明治四十三年八月三日）がある。

田中菊雄が漱石に助言を求めて手紙を書いたが、次の漱石の手紙文は北海道石狩国上川郡に住む田中菊雄に高師入学をすすめる返事である。面倒見のよさがあらわれている。

大正三年二月二十八日　田中菊雄あて　書簡

（前半部欠落）

近頃では全然官費では修業が出来ないかも知れませんが若し其方がどうかなるなら高師に這入つて見るのも或はいゝかも知れません。然し是とても必ず文芸上の生活に利益があるといふ訳にも行きませんからよく考へなくてはなりません。色々取込んでゐて返事を上げるのが遅くなりましたこちらはもう春になって暖かになつて来ます。以上

二月二十八日　夏目金之助

田中菊雄　様

山形県鶴岡市出身の英語学者で評論家でもある渡部昇一（一九三〇年十月十五日〜）は、田中菊雄が山形大学教授であったことから同郷の立志伝中のこの人を深く尊敬し、田中菊雄の著書『知的生活に贈る』（三笠書房）に解説を書き、「少年時代、田中菊雄先生は私のこころの中の英雄であった」と語っている。渡部昇一は自らも『知的生活の方法』、『続知的生活の方法』（講談社現代新書）、『知的余生の方法』（新潮新書）、他の著書を数多く出している。

20　久米正雄《くめまさお》

一八九一（明治二十四）年十一月二十三日〜一九五二（昭和二十七）年三月一日、長野県上田市生まれ。福島県で少年期を過ごす。小説家・俳人

久米の父、由太郎は福島県の近代教育の基礎を作った後、長野県へ転出した。母幸子は安積開拓の指導者立岩一郎の娘である。明治三十一年、上田尋常高等小学校上田分教場の火災で御真影《ごしんえい》を焼失した責任を負って校長であった父が自殺したので、久米正雄は母の故郷である福島県で少年期を過ごした。開成小、金透小で学び、旧制の福島県立安積中学校（現在の福島県立安積高等学校）では教頭西村雪人の指導で新傾向俳句を学び「三汀《さんてい》」と号した。推薦で第一

高校（現在の東京大学）入学。東大生の時に開成山の牧場をモデルにした『牛乳屋の兄弟』で劇作家として出発。『地蔵教由来』『阿武隈心中』など郡山を舞台にした戯曲を発表。父の死を描いた小説『父の死』や一高の学生生活を描いた小説集『学生時代』は傑作。『蛍草』、『破船』、『漱石先生の死』（春陽堂新興文芸叢書）などの作品がある。「微苦笑《びくしょう》」という語の発明者としても有名である。

一九一五（大正四）年、夏目漱石の門人となる。一九一六（大正五）年、芥川龍之介、菊池寛らと第四次「新思潮」を創刊。同年大学卒業。このころ、久米は中条百合子と恋愛関係にあった。百合子の父中条精一郎の父は、久米の母方の祖父とともに安積を開拓した縁でつきあいが深く、精一郎は久米が大学に入る時の保証人だった。しかし、年末に漱石が急死し、夏目家へ出入りするうち、漱石の長女筆子に恋して、漱石夫人鏡子に結婚の許しを請うたところ、筆子が同意するなら許すとの言質《げんち》を得たが、筆子は松岡譲を愛していた。それに加えて、筆子の学友の名を騙《かた》る何者かが、久米を女狂い・性的不能者・性病患者などと誹謗中傷《ひぼうちゅうしょう》する怪文書を夏目家に送りつける事件が発生した（関口安義『評伝松岡譲』によると、この怪文書の作者は久米と長年にわたり反目していた山本有三だったという）。筆子は久米があまり好きではなく松岡が好きであった。じきに久米は自分が筆子と結婚する予定であるかのような小説を発表し、結婚は破断となり、筆子は松岡と結婚した。漱石没後に令嬢筆子に恋した久米は夏目家出入り禁止となる。この体験を『蛍草』『破船』（大正十一年）に描き大正期を代表する作家となった。大正十二年、奥野艶子と結婚した。

久米正雄は芥川龍之介と大正五年の夏に千葉県上総一宮《かずさいちのみや》の一宮館で過ごしたが、その間、夏目漱石と手紙での交流が続けられた。第二章で引用した「牛になって人間を押せ」の有名な手紙は一九一六（大正五）年八月二十四日の作である。この頃漱石は最後の作品になる『明暗』の執筆中で、その合間に俳句や詩を詠んでいた。芥川龍之介・久米正雄にあてた大正五年九月一日の書簡には「（略）僕は俳句といふものに熱心が足りないので時々義務的に作ると、十八世紀以上には出られません。時々午後に七律を一首づゝ作ります。自分では中々面白い、さうして随分得意です。出来た時は嬉しいです」とある。

二〇一二年四月二十日、『福島民報』『福島民友』の両紙で、こおりやま文学の森資料館（福島県郡山市）が所蔵する「電報」は、師の夏目漱石の危篤《きとく》の報に接した芥川龍之介が久米正雄に宛てたものである記事が掲載された。同資料は郡山市が久米正雄の遺族より受贈していた資料の中から発見されたもので、漱石死去の一九一六（大正五）年十二月九日、芥川が現在の鎌倉市から東京・本郷の久米にあてた電報で「ツウタンニタヘズ　アクタ」（痛嘆に耐へず　芥：筆者注釈）と書かれている。

他に、斎藤信策《しんさく》（山形県生まれ評論家）、小松武治《たけじ》（山形県生まれ英文学者）、深田康算《やすかず》（山形県生まれ美学者）、滝田樗陰《たきたちょいん》（秋田県生まれ明治末・大正期の編集者）、門間春雄《もんまはるお》（福島県生まれ歌人）との交友関係があるがここで詳述は割愛する。

21　その他

①「山形出身の下女《げじょ》」（「日記」）

ある時期、漱石家で働いていた下女二人の内ひとりが山形出身であった。子供たちに失礼な言葉をつかい、漱石には丁寧《ていねい》であった。一九一三（大正三）年十一月八日と九日の日記（『漱石全集』日記・断片　上、下　第十九巻、二十巻　一九九五年　岩波書店）に次のような記述がある。

大正三年十一月八日（日）：○下女、～もう一人は山形だといふ。是亦子供に向かってさあ何とかだとか失礼なことをいふ。さうして私に丈は丁重な言葉を使ふ。～もう一人の山形の女は東北ものに相違ないが是亦其標榜する如く言葉使いを心得ないのではないわざと使わないのである。妻は此二人を平気で使ってゐる。

大正三年十一月九日（月）：山形生まれといふ下女が其翌晩かうちの猫を「御猫さま」と云った。是はたしかにわざとである。

②「米沢絣《よねざわがすり》」（山形県米沢産の紬《つむぎ》・『虞美人草』と『門』）

山形県米沢市・長井市・白鷹町を中心に生産されている紬《つむぎ》の総称を置賜紬《おいたまつむぎ》と呼んでいる。製法は主に、紬糸、玉糸などを平織にするもので、絣《かすり》模様が特色となっている。

絣柄や色が沖縄の久米島紬に似ていることから米琉＝米沢琉球と呼ばれるようになった。紬には琉球産の織物の文様が多大な影響をあたえている。なぜ遠い地、沖縄・琉球の影響があるのだろうか。それは江戸時代に北前船による南北の交流があり、それによって運ばれてきた琉球の織物は千石船に積まれて港町酒田から最上川をさかのぼり、置賜《おきたま》地方の長井あたりの船着場まで運ばれていたためと考えられる。明治時代には大島紬等と並ぶ人気商品になり各地方の織物にたくさん影響をあたえた。

山形県米沢の織物の歴史は江戸時代初期までさかのぼる。領民が自家用として織っていた青苧《あおそ》（別名「苧麻《ちょま》」、「からむし」とも呼ばれる多年草で、そこから採取される繊維は衣料の原料・糸となる。染料・化粧品などに利用される紅花《べにばな》とともに山形の特産品）や麻布を、関ヶ原の合戦後に初代米沢藩主となった上杉景勝《かげかつ》の重臣・直江兼続《かねつぐ》（NHK大河ドラマ「天地人」の主役であった）が産業として整備したことに始まる。その後、藩の殖産興業振興を図るため、婦女子の手内職として推奨し、本格的な米沢織の開発に取り組んだのが、江戸時代の藩中興の名君・九代目藩主上杉鷹山《ようざん》だった。鷹山は、J・F・ケネディ元アメリカ大統領やビル・クリントン元大統領に「もっとも尊敬する日本人政治家」と言われ「なせば成る　為さねば成らぬ何事も」の名言を残している。この名言は武田信玄の名言「為せば成る、為さねば成らぬ。成る業を成らぬと捨つる人のはかなさ」を変えて言ったものとされる。

大学など一切の教職から退き、朝日新聞社に勤めた漱石のデビュー作は『虞美人草』だった。その『虞美人草』に次の記述がある。

「宗近《むねちか》君は米沢絣《よねざわがすり》の羽織を脱いで、袖だたみにしてちょっと肩の上へ乗せたが、また思い返して、今度は胸の中から両手をむずと出して、うんという間に諸肌を脱いだ。下から袖無《ちゃんちゃん》があらわれる。袖無の裏から、もじゃもじゃした狐《きつね》の皮がはみ出している。これは支那へ行った友人の贈り物として君が大事の袖無である。千羊《せんよう》の皮は一狐の腋《えき》にしかずと云って、君はいつでもこの袖無を一着している。」（『虞美人草』一）

また、『門』の中にも出てくる。

「主人は予想通り血色の好い下膨《しもぶくれ》の福相《ふくそう》を具《そな》えていたが、御米の云ったように髭《ひげ》のない男ではなかった。鼻の下に短かく刈り込んだのを生やして、ただ頬《ほお》から腮《あご》を奇麗《きれい》に蒼《あお》くしていた。

「いやどうもとんだ御手数《おてかず》で」と主人は眼尻《めじり》に皺《しわ》を寄せながら礼を述べた。米沢《よねざわ》の絣《かすり》を着

た膝《ひざ》を板の間に突いて、宗助からいろいろ様子を聞いている態度が、いかにも緩《ゆっ》くりして
いた。」（『門』七）

「断片」（『漱石全集』日記・断片　上、下　第十九巻、二十巻　一九九五年　岩波書店）の四
十B（三〇〇頁）にも「米沢絣」の記述がある。

③「秋田蕗《あきたぶき》の砂糖漬け」（「日記」と『彼岸過迄』）
ある人気テレビ番組で漱石が好んだ甘味食物は何であるかとクイズの問題になった。その答
えは、甘党であった漱石が好んだ秋田県産秋田蕗の砂糖漬け菓子である。その事実を示す日記
がある。

明治四十二年三月三十一日（水）日記
「薄日。妻伸六を連れて大学病院に行く。昨夜本間久より貰ひたる秋田蕗の砂糖漬を食ふ。
胃痛安眠を害す。」

明治四十二年四月十日（土）日記
「秋田蕗の砂糖漬を食って細君に叱られる。」

『彼岸過迄』の中で、敬太郎と須永の母が書斎で話している場面にも「秋田蕗」が登場する。

「彼はシキとかいう白い絹へ秋田蕗《あきたぶき》を一面に大きく摺《す》った襖《ふすま》の模様だの、唐桑《からくわ》らしくてらてらした黄色い手焙《てあぶ》りだのを眺《なが》めて、このしとやかで能弁な、人を外《そら》す事を知らないと云った風の母と話をした。」(『彼岸過迄』停留所十)

秋田蕗は東北地方以北に自生するが、もともとは鹿角《かづの》地方が発祥の地といわれる。葉柄の長さは二メートル、葉の直径は一・五メートルにもなり、その葉柄は砂糖漬けの菓子や漬物の材料になっている。「秋田の国では雨がふってもから傘などいらぬ、手ごろの蕗《ふき》の葉サラリとさしかけさっさと出て行かえ」と唄われている程で、秋田藩藩主(佐竹氏)の食膳にも供せられたという他に類を見ない良質のオオブキである。

④「瑞巌寺《ずいがんじ》」(宮城県松島町、「正岡子規宛書簡」)と「五大堂《ごだいどう》」(俳句)

漱石は明治二十七年八月に松島旅行をして瑞巌寺《ずいがんじ》を詣《もう》でている。

明治二十七年九月四日(火)正岡子規あて　書簡

去月松島に遊んで瑞巌寺に詣でし時南天棒の一棒を喫して年来の累を一掃せんと存じ候

へども生来の凡骨到底見性の器にあらずと其丈は断念致し候

松島は、宮城県の仙台平野を南北に分ける松島丘陵の東端が海にまで達し、それが沈水して出来た沈降地形である。溺れ谷に海水が入り込み、山頂が島として残っている。全体として松島湾（広義）を形成し、湾内の水深は十メートル以内である。松島湾内外にある二百六十余りの島すべてに名前がつけられ、日本三景のひとつとなっている。

瑞巌寺《ずいがんじ》は、宮城県宮城郡松島町にある臨済宗妙心寺派の寺院である。詳名は松島青龍山瑞巌円福禅寺《まつしませいりゅうさんずいがんえんぷくぜんじ》。平安時代の創建で、宗派と寺号は天台宗延福寺、臨済宗建長寺派円福寺、現在の臨済宗妙心寺派瑞巌寺と変遷《へんせん》した。古くは松島寺とも通称された寺である。現在の建物は、一六〇九（慶長十四）年、伊達政宗《だてまさむね》公が桃山様式の贅《ぜい》をつくし、五年の歳月をかけて完成させたもので、伊達家の菩提寺《ぼだいじ》になっている。国宝・国の重要文化財である。

夏目漱石がこの松島旅行で五大堂《ごだいどう》を詠んだ句がある。

春の海に橋を懸けたり五大堂　（明治二十七年）

五大堂は、日本三景のひとつである景勝地・松島の景観上重要な仏堂である。本州海岸に近い小島に建つ東北地方最古の桃山建築といわれ、国の重要文化財となっている。本州と五大堂のある島とは橋で繋《つな》がっている。ペシミズムに襲われた漱石が、理性と感情がアンバランスのままに、自分の運命を「天上に登るのか」「奈落に沈むのか」を見極めようと、当時の瑞巌寺の住職であった南天棒を訪れるが、結局南天棒には会えずに帰る時に詠んだ句である。

⑤「大梅寺《だいばいじ》」（宮城県仙台市、『草枕』）

この寺は『草枕』にでてくる。宮城県仙台市青葉区茂庭裏山四にある臨済宗妙心寺の末寺で、松島の瑞巌寺（国宝）を退山した雲居国師が「終《つい》の庵」として一六五一年に建てた禅の古道場でもある。「草枕の碑」がある。

「泰安さんは、その後発憤して、陸前《りくぜん》の大梅寺《だいばいじ》へ行って、修業三昧《ざんまい》じゃ。今に智識《ちしき》になられよう。結構な事よ」（『草枕』五）

⑥「仙台平《せんだいひら》」（高級袴地《はかまじ》・『満韓ところどころ』、『文芸とヒロイック』、『野分』、『趣味の遺伝』）

仙台平《せんだいひら》は宮城県仙台産の絹の正装用高級袴地「精好仙台平」の通称、および、同製品を製造している会社の商号と商標で、国の重要無形文化財となっている。仙台伊達《だて》藩主伊達綱村《つなむら》が西陣の織工小松弥右衛門を招聘《しょうへい》し、幕府・諸侯への贈答品および臣下への下賜品生産として製織《せいしょく》を始め御国織と称したが、このうち袴地はとくに精巧で諸侯の間で好評を博し、仙台平の名称で全国に知られた。非常に堅牢《けんろう》な生地《きじ》であり皺《しわ》がつきにくく、絹独特の光沢と感触の良さが特徴である。

漱石の著書『満韓ところどころ』や漱石作品の中に次のように出現する。

白仁さんのところへ暇乞《いとまごい》に行ったので少し後《おく》れて着くと、スキ焼を推挙した田中君がもう来ていた。田中君も鶉《うずら》の御相伴《おしょうばん》と見える。佐藤は食卓の準備を見るために、出たり這入ったりする。立派な仙台平《せんだいひら》の袴《はかま》を着けてはいるが、腰板の所が妙に口を開いて、まるで蛤《はまぐり》を割ったようである。そうして、それを後下りに引き摺《ず》っている。それでもって、さあ食おうと云って、次の間の食堂へ案内した。西洋流の食卓の上に、会席膳を四つ並べて、いよいよ鶉の朝飯となった。（『満韓ところどころ』）

自然主義といふ言葉とヒロイックと云ふ文字は仙台平《せんだいひら》の袴と唐桟《とうざん》の前掛の様に懸け離れたものである。従つて自然主義を口にする人はヒロイックを描かない。実際そんな形容のつく行為は二十世紀には無い筈だと頭から極めてかゝつてゐる。尤《もっと》もである。（『文芸とヒロイック』）

高柳君は恐る恐る三人の傍を通り抜けた。若夫婦に逢って挨拶して早く帰りたいと思って、見廻わすと一番奥の方に二人は黒いフロックと五色の袖に取り巻かれて、なかなか寄りつけそうもない。食卓はようやく人数が減った。しかし残っている食品はほとんどない。「近頃は出掛けるかね」と云う声がする。仙台平《せんだいひら》をずるずる地びたへ引きずって白足袋《しろたび》に鼠緒《ねずお》の雪駄《せった》をかすかに出した三十恰好《がっこう》の男だ。

「昨日須崎の種田家の別荘へ招待されて鴨猟をやった」と五分刈の浅黒いのが答えた。

「鴨にはまだ早いだろう」「もういいね。十羽ばかり取ったがね。僕が十羽、大谷が七羽、加瀬と山内が八羽ずつ」「じゃ君が一番か」「いいや、斎藤は十五羽だ」

「へえ」と仙台平《せんだいひら》は感心している。（『野分』九）

　行列の中には怪《あや》し気《げ》な絹帽《シルクハット》を阿弥陀《あみだ》に被《かぶ》って、耳の御蔭で目隠しの難を喰《く》い止《と》めているのもある。仙台平《せんだいひら》を窮屈そうに穿《は》いて七子《ななこ》の紋付を人の着物のようにじろじろ眺《なが》めているのもある。（『趣味の遺伝』）

⑦「会津《あいづ》」（福島県西部の会津《あいづ》盆地を中心とする地方、『坊っちゃん』）
『坊っちゃん』（九）に登場する山嵐は数学の主任教師で会津の出身である。『坊っちゃん』の中で、坊っちゃんの「君はどこだ」の問いに「僕は会津だ」と山嵐が答え、坊っちゃんが「会津っぽか、強情なわけだ」というやり取りをする場面が登場する。山嵐は正義感の強い性格で

生徒に人望があり、坊っちゃんと意気投合し友情をはぐくみ、名字は堀田である。漱石は会津魂に共感して会津出身の山嵐を登場させたと考えられる。

明治維新の時、一八六八（慶応四）年、鳥羽《とば》・伏見《ふしみ》の戦いにより戊辰《ぼしん》戦争が勃発《ぼっぱつ》し、会津藩は徳川幕府側勢力の中心と見なされ、新政府軍の仇敵《きゅうてき》となった。奥羽越列藩同盟の支援を受け、庄内藩と会庄同盟を結ぶなどして新政府軍に抵抗したが、会津若松城下で白虎隊《びゃっこたい》の悲劇を残し会津戦争に敗北して降伏《こうふく》した。教育の振興・人材の育成を目標として設立された会津藩日新館の「什《じゅう》の掟《おきて》」（年長者の言うことに背《そむ》いてはなりませぬ、年長者にはお辞儀《じぎ》をしなければなりませぬ、嘘《うそ》言を言うことはなりませぬ、卑怯《ひきょう》な振舞をしてはなりませぬ、弱い者をいぢめてはなりませぬ、ならぬことはならぬものです、など）は学校でのいじめなどが社会問題化するなか、教育関係者の注目を集めた。

⑧「相馬焼《そうまやき》」（福島県北東部相馬市の陶器・『琴のそら音《ね》』）

福島県北東部の相馬市は相馬氏六万石の城下町で、相馬野馬追や相馬焼で有名である。相馬焼は陶器で、走る馬（走り駒）が描かれ「駒焼《こまやき》」とも言われる。相馬焼の陶器が『琴のそら音』にでてくる、

「「珍らしいね、久しく来なかったじゃないか」と津田君が出過ぎた洋灯《ランプ》の穂を細めなが

ら尋ねた。津田君がこう云った時、余ははち切れて膝頭《ひざがしら》の出そうなズボンの上で、相馬焼《そうまやき》の茶碗の糸底を三本指でぐるぐる廻しながら考えた。なるほど珍らしいに相違ない、この正月に顔を合せたぎり、花盛りの今日まで津田君の下宿を訪問した事はない。「来よう来ようと思いながら、つい忙がしいものだから――」（『琴のそら音』）

⑨「三陸の海嘯《つなみ》」（岩手県沿岸部三陸地方の津波・『人生』と「大塚保治への書簡」）

岩手県沿岸部三陸海岸は八戸から牡鹿《おしか》半島にいたる全長六百キロもある海岸。北部は隆起海食崖が発達、南部はリアス式海岸である。宮古、釜石、気仙沼など多くの漁港があり、陸中海岸国立公園になっている。

昔からこの地域は大規模な地震が多い。明治以降では、一八九六（明治二十九）年六月十五日に全半壊流失家屋一万戸以上、死者二万七百二十二人、津波の高さ岩手県綾里湾で三十メートルであった。二〇一一（平成二十三）年三月十一日に発生した東日本大地震（東北地方太平洋沖地震）とそれに伴う津波と東京電力福島第一原発事故でも甚大な被害を受けた。二〇一一年九月十一日時点で、震災による死者・行方不明者は約二万人、建築物の全壊・半壊は合わせて二十七万戸以上、ピーク時の避難者は四十万人以上、停電世帯は八百万戸以上、断水世帯は百八十万戸以上に上った。震災一年後の二〇一二年三月十日時点でも、死者計一万五千八百五十四人、行方不明者は三千百五十五人で、三十四万人余りが全国各地に避難し、仮設住宅などで不自由な生活を余儀なくされた。二年目の二〇一三年三月十一日現在で死者一万五千八百八十二人、行方不明者は二千六百六十八人（警察庁まとめ）で、三十一万五千人余り（二月七日現在復興庁まとめ）が避難を続けた。

この地震によって大規模な津波が発生した。最大で海岸から六キロの内陸まで浸水、岩手県三陸南部、宮城県、福島県浜通り北部では津波の高さが八メートル～九メートルに達し、一八九六年・明治三陸地震の津波を上回る最大溯上《そじょう》高四十・五メートル（岩手県宮古市）を記録するなど、震源域に近い東北地方の太平洋岸では、高い津波が甚大な被害をもたらした。津波は関東地方の太平洋岸でも被害をもたらしたほか、環太平洋地域を中心に世界の海岸に達した。

一八九六（明治二十九）年、漱石が二十九歳で結婚した年に発生した明治三陸地震の津波をさす「三陸の海嘯《つなみ》」の記述が『人生』（明治二十九年十月、第五高等学校『竜南会雑誌』）のなかに見られる。

「三陸の海嘯濃尾《つなみのうび》の地震之を称して天災といふ、天災とは人意の如何《いかん》ともすべからざるもの、人間の行為は良心の制裁を受け、意思の主宰に従ふ、一挙一動皆責任あり（中略）不測の変外界に起り、思ひがけぬ心は心の底より出で来る、容赦なく且《かつ》乱暴に出で来る、海嘯《つなみ》と震災は、啻《ただ》に三陸と濃尾に起るのみにあらず、亦自家三寸の丹田《たんでん》中にあり、険呑《けんのん》なる哉《かな》」（『人生』）

人意や人生も天災同様、不測で危ういものとしてとらえているところが、神経衰弱を患い、時折癇癪《かんしゃく》を起こした漱石らしい。

また、漱石が熊本市光琳寺町から大塚保治にあてた手紙にも「大海嘯」の記述がある。

明治二十九年七月二十八日（火）　大塚保治あて　書簡（ルビは筆者）

或は御承知と存候へども過日三陸地方へ大海嘯《つなみ》推し寄せ夫《それ》は夫《それ》は大騒動山の裾へ蒸気船が上がって来る高い木の枝に海草がかかる抔《など》いふ始末の上人畜の死傷抔《など》は無数と申す位実は恐れ入り山忠助さん抔《など》と洒落《しゃれ》る場合でないから義捐金徴収の回状がくるや否や月俸百分の三を差し出して微衷《びちゅう》をあらはしたと云う次第に御座候然し是は職員全体共に出金致したる事故別段小生の名誉にもなるまじきかと心痛致居候。

終章

漱石に学ぶ自己啓発の心得10

自己啓発とは自己を磨き向上させようとして、より高い能力や人格、より大きい成功、より充実した生き方などの獲得を目指《めざ》すことである。不遇な境遇《きょうぐう》から苦悩・煩悶《はんもん》し、精神的進化を遂げた漱石は自己啓発を実践したよいモデルである。漱石の生き方に学ぶ自己啓発の心得を次に列挙しよう。

①自己肯定し独自性を持つ。

英国留学で自分探しの葛藤をし、「自己本位」（自分らしさ）を獲得し強くなった。自己肯定し独自性を持つことが精神的進化の基盤となった。

②人間関係とコミュニケーションを大切にする。

偶然の出会いが人生を変え、決断をする上で重要な働きをしている。多くの人々と書簡などを通して交流し、出会いと縁《えん》を大切にした。

③逆境や苦悩に耐える根気強さと誠実さを持つ。

苦悩や恥はあたりまえのことと考え、不遇な境遇や逆境、苦悩の壁を乗り越え、根気強く誠実に生きた。

④読書・多読をする。

読書は自己啓発の基本である。幼いときから漢文に親しみ、英国留学時代に英文原書を約五百冊も読破した。

⑤異分野や異文化理解につとめる。

科学に対する受容力を持ち、東西文明の相克に苦悩しつつ、異分野や異文化から多くを学び吸収した。

⑥世界に目を向け視野を広くする。

英国留学時の旅行、満州・朝鮮にも足を運ぶなどして世界に目を向け、東西文明・文化の理解を深め視野を広げた。

⑦理想追求と創造欲求を持つ。

生き方と創作の理想を真・善・美・壮と考え、書くことで理想を追求した。創造欲求を持って、約十年という短い間に多くの名作を実作している。

⑧好奇心・探究心を持つ。

好奇心・探究心を持って科学や諸学問を学び、俳句や、ベルクソンをはじめとする進化心理学、専門であるシェークスピア等の研究を行った。
⑨権威に盲従せず、流行に惑わされない。
日本の文明開化を借り物で上滑りの文化と言い切り、博士号を辞退するなど、権威や他に迎合しない反骨精神を持っていた。
⑩知性・感性・品性豊かに生きる。
作品で「高等遊民」をはじめとする知識人の孤独と不安を題材にし、自らも三科兼学（英文と国文と漢文）で俳句や漢詩、英詩を詠み、知性・感性豊かに人生を過ごした。

おわりに

美術に造詣が深く、俳句をたしなむ漱石は花鳥風月《かちょうふうげつ》に敏感で、感性が豊かである。漱石作品に出現する植物の種類が百五十六点という研究もある。書名にも『道草』、『虞美人草』がある。『草枕』では、菜の花、たんぽぽ、山桜、海棠《かいどう》、すみれ、椿《つばき》、木蓮《もくれん》、木瓜《ぼけ》、柳、桃、水仙、蜜柑《みかん》、他が出現する。また、漱石が学校の先生をしていた時、「I love you.」を生徒が「我君ヲ愛ス」と訳したのを聞いて、「『月が綺麗《きれい》ですね』といいなさい。それで伝わりますから……」といったというエピソードもあるほど、感性豊かな表現力を持っている。するどい知性、みずみずしい感性、愛が込められた言葉が漱石の著作物に多くある。芥川龍之介と久米正雄への手紙に代表されるように、生徒や弟子を手紙で励ますやさしさもある。漱石は頻繁《ひんぱん》に家族や知人に手紙やはがきを書き、現存する書簡は二万二千通にも及ぶという。多くの人との出会いと繋《つな》がりを大切にし、感謝し励ましあうことの重要性を教えている。

夏目漱石の生き方や作品から、偶然の出会いと多くの縁が人生において大切であり、人生を何倍にも膨《ふく》らませるのだと考えさせられる。第一章で漱石のこころのゆらぎをみてきた。実の両親と養子の親である塩原夫妻との三角関係という不遇な幼少期を送った。少年期と青年期には時代の変化に対応し、東西文明の文化と言語における三角関係（日本語と漢文と英文）でこころがゆらぐ葛藤《かっとう》をした。二十代後半から教員となり、自分を見つける旅となった英国留学では、世相転換期（十九世紀から二十世紀への転換期や戦争の時代）のはざまで日本と英国をはじめとする欧米文化との相克《そうこく》があり、本物の自己との邂逅《かいこう》を求め葛藤し苦悶《くもん》した。狩野亨吉《かのうこうきち》や学生時代の旧友からどちらかというと無口でおとなしいと人物評価されてきた男が、こころのゆらぎと苦悩の中で逆境に耐え精神的進化をとげていったといってよい。

時代の価値観のゆらぎとみずからのこころのゆらぎのなかで葛藤・苦悶し、「神経衰弱」やうつ病ともいえるこころの病や胃潰瘍などいくつかの病気とも闘って精神的進化をとげ、称号や肩書き、権威主義を嫌う反骨精神を貫いた夏目漱石。知的刺激に敏感に反応・吸収し、苦悩しながら昇華する力を持つ「知の巨人」漱石はすべての時代に通じる普遍的な人間性を持っている。混迷を深める現代社会に生きる私達に、時空を超越して自己啓発のモデルと人生の教師として、独自性と根気強さ、他とのかかわりと創造意欲を持って生きることが大切であると教示している。悩み抜く力と逆境に耐えて生きる勇気も与えてくれる。本書が、漱石の実像に迫る夏目漱石新評伝、日本の文豪から世界の文豪へと進化し続ける夏目漱石進化論ともなれば幸いである。

さらに、第四章「漱石と東北」を読み、東日本大震災で苦悩する東北と苦悩し進化した漱石に親近感と興味を持った方もいることと思う。漱石が生まれ育った時代に現在の東北地方が固まった歴史を知り、漱石とかかわりがある著名な人材が東北から輩出していることを喜ぶとともに、故郷への誇りと愛着と、逆境に耐えて生きる勇気を持つことを期待したい。そして、多くの人が東北再発見の旅に足を運び、種々の施策と支援で東日本大震災からの復興が加速して、東北が再生・発展することを祈念してやまない。

最後に、本書の刊行にあたり、丁寧に拙稿を読み適切なご助言をいただき、ご厚意とご高配をいただきました花伝社社長平田勝氏はじめ関係者の皆様に心から謝意を表します。

二〇一三年　十月

伊藤美喜雄

参考資料

漱石ゆかりの地

漱石の縁再発見に役立つよう、英国ロンドンと日本国内にある夏目漱石ゆかりの場所などをまとめて参考資料として掲げる。二〇一七年は漱石生誕百五十年であるが、漱石との縁を再認識しようと構造物の復元・改修や新たに石碑などを建立したりするなどの動きがある。漱石が進化を続けている証である。

1．夏目漱石ゆかりの場所、他

〈英国〉

＊倫敦《ロンドン》漱石記念館（Soseki Museum in London、入館料 ￡7、最寄駅：ロンドン地下鉄 Northern Line, Clapham Common 駅、漱石最後の下宿真向かい [80b,The Chase, London SW4]。二〇一〇年建立の「若き日の漱石胸像」がある）

＊ロンドン塔（The Tower of London、一九〇〇年十月三十一日に見物し、次のように記している「壁土を溶し込んだように見ゆるテームズの流れは波も立てず音もせずむりやりに動いているかと思わるる。見渡したところすべての物が静かである。〈略〉その中に冷然と二十世紀を軽蔑するように立っているのが倫敦塔である。」『倫敦塔』）

＊大英博物館（British Museum、英国ロンドンにある博物館、一九〇一年三月二十七日と十一月三日に訪れたことが日記に記されている）

＊カーライル博物館（Carlyle's House、英国ロンドンにある博物館、24 Cheyne Row, Chelsea、カーライ

ルは英国の評論家・歴史家・文学者で漱石が影響を受けた。一九〇一年八月三日に漱石は池田菊苗を伴って訪れていて、入館名簿に署名がある。『カーライル博物館』の作品がある）

〈北海道・東北〉

＊「夏目漱石在籍記念碑」と岩内町郷土館（北海道岩内郡岩内町の「郷土館」。漱石が明治二十五年から大正三年まで二十三年間移していた戸籍謄本（「後志国岩内郡（岩内市街地）吹上町十七番地　浅岡仁三郎方」）をみることができる。漱石は岩内町を訪れたことはない）

＊夏目漱石ライブラリー（宮城県仙台市、東北大学附属図書館「漱石文庫」）

＊大梅寺《だいばいじ》「草枕の碑」（宮城県仙台市青葉区茂庭裏山四。JR「仙台」駅から茂庭方面行きバスで約四十分、「大梅寺」下車、一六五一年雲居禅師が開いた臨済宗妙心寺の末寺。『草枕』に出てくる）

＊瑞巌寺《ずいがんじ》（宮城県松島町。JR仙石線「松島海岸」駅下車、正岡子規宛の書簡によると一八九四年に漱石は旅行し、瑞巌寺を詣でた。五大堂を詠んだ句もある）

〈関東甲信越・東京〉

＊鋸山《のこぎりやま》日本寺《にほんじ》（千葉県鋸南町。JR内房線「浜金谷」駅下車、徒歩八分でロープウェー「山麓駅」へ、漱石は一八八九年八月七日から学友四人と房総を旅行し、登山し中腹の日本寺を訪れ、千五百体の羅漢像を見た。「最も高く最も峻しく、之を望めば、峰峰嶮巉《けんざん》にして、鋸の刃の碧空に向かって列なれるが如し。名づけて鋸山と曰う。〈略〉日本寺は峰の中腹に在り。〈略〉八月某日、余、諸氏と與《とも》に登る。」『木屑録』

＊「房州海水浴発祥地」碑（千葉県安房郡鋸南町保田。一八八九（明治二十二）年にまだ旧制中学の生徒だった夏目漱石が、夏休みを友人と数人で一ヵ月間の房総旅行を行った。東京・霊岸島から汽船で保田へ着き、この地に十日間滞在し保田海岸で海水浴をしたことが自著『木屑録』に記されている。石碑の裏側には

漱石一行が来た時の背景・状況が説明され、刻まれている）
＊夏目漱石句碑（栃木県那須塩原。「湯壺から首丈出せば野菊哉《かな》」。大正元年、漱石が塩原温泉を訪ねたときに詠まれた。妙雲寺の境内にも文学碑として建てられている）
＊夏目漱石参詣百年記念句碑（長野県長野市、善光寺境内。「生きて仰ぐ空の高さよ赤蜻蛉《とんぼ》」漱石が一九一〇年八月に療養で訪れた伊豆の修善寺で大量に吐血した後に詠んだ句。漱石が善光寺に詣でて百年を記念し「長野漱石会」が二〇一一年十月二十六日に句碑を同寺境内に建てた。一九一一（明治四十四）年六月十七日、漱石は信濃教育会の招きで信州を訪れ、翌十八日に善光寺を参詣）
＊「夏目漱石誕生之地」碑（東京メトロ地下鉄早稲田駅近く夏目坂。昭和四十一年漱石の生誕一〇〇年を記念して建てられ、文字は遺弟子である安倍能成によるもの）
＊夏目漱石旧居跡（猫の家）（東京都本郷区駒込千駄木町。現在の東京都文京区向丘二―二十―七日本医科大学同窓会館。イギリスから帰国後一九〇三年～一九〇六年まで住み、『吾輩は猫である』が誕生した家の跡地に案内板がある。家屋は「明治村」に移築・公開）
＊夏目漱石終焉《しゅうえん》の地・漱石胸像・「道草庵」（東京都新宿区早稲田南町七、「新宿区立漱石公園」。東京メトロ東西線早稲田駅（一番出口）徒歩約十分）
（「漱石公園」には、夏目漱石生誕一四〇周年記念事業の一環として、夏目漱石が一四一回目の誕生日を迎えた二〇〇八（平成二十）年二月九日にリニューアルオープンし、「道草庵」（漱石の関連資料やパネルを展示）や漱石が没するまで十年間作家生活を送った旧居「漱石山房」にちなんだ「山房風ベランダ回廊」が新設。漱石胸像のほか、九層の石塔「猫塚」（「我輩は猫である」の猫の墓ではなく、漱石の没後遺族が家で飼っていた犬や猫、小鳥の供養のために建てたもの）などがある。新宿区は「漱石山房」

の復元と漱石記念館の建設に乗り出し、漱石生誕一五〇年に当たる二〇一七年二月の完成を目指す）

＊夏目漱石の墓（東京都豊島区南池袋四丁目二十五・雑司ヶ谷霊園。東京メトロ地下鉄東池袋駅から徒歩数分、都電荒川線都電雑司ヶ谷駅から徒歩約二分）

＊本法寺《ほんぽうじ》（東京都・小日向、浄土真宗の寺。夏目家累代の菩提寺であるとともに、『坊っちゃん』には、当寺がモデルと思われる「養源寺」が登場する。句碑「梅の花不肖なれども梅の花」（明治二十九年）もある）

＊「漱石の越後屋」の石碑（東京都中央区日本橋・三越本店の屋上。二〇〇六年十二月六日除幕式）

＊「漱石名作の舞台」の石碑（東京都中央区日本橋・日本橋コレドのアネックス広場。『三四郎』では三代目小さんを聴きに寄席へ、秀作『こころ』では往時のグルメ街・木原店で主人公達に食事をさせる場面を描いている）

＊『漱石「猫」上演の地　真砂座跡』（東京都中央区清洲橋たもとの中洲に置かれている。「猫」とは、勿論、代表作『吾輩は猫である』）

＊「夏目漱石石碑」（東京都千代田区猿楽町一―一、千代田区立お茶の水小学校の隣、猿楽通りに面した場所に立っており「吾輩は猫である」の有名な一文が刻まれている。現在のお茶の水小学校は、かつて錦華小学校と呼ばれ、そこに夏目漱石が通っていた）

＊育徳園心字池《しんじいけ》（東京都・東京大学構内、『三四郎』にちなみ「三四郎池」とも呼ぶ）

＊円覚寺帰源院《えんかくじきげんいん》の門（神奈川県北鎌倉円覚寺。作品『門』。境内に漱石の句碑「仏性は白き桔梗にこそあらめ」（明治三十年）もある）

＊「夏目漱石参禅記念碑」（神奈川県北鎌倉東慶寺。墓地には鈴木大拙のほか、西田幾多郎、岩波茂雄、

和辻哲郎、安倍能成、小林秀雄、高木惣吉、田村俊子、高見順、前田青邨（筆塚）らの墓がある）

〈東海・近畿〉

＊修善寺《しゅぜんじ》夏目漱石記念館（静岡県伊豆市修善寺「虹の郷」、漱石が滞在した旧菊屋本館。入館料無料、ただし「虹の郷」入園料千円。修善寺には他に文学碑や句碑がある。菊屋近くの道を「修善寺の大患」の時に漱石が散歩をしていることから『漱石の道』になった。その道には、夏目漱石について・修善寺の大患・漢詩十二首俳句八十六句・弘法様の花火などの案内看板がある）

＊博物館明治村。通称「明治村」（愛知県犬山市、夏目漱石旧居の家屋を移築・公開）

＊夏目漱石句碑（京都市中京区御池通木屋町東入ル。「木屋町に宿をとりて川向の御多佳さんに春の川を隔てて男女哉《かな》（明治二十五年）」）

＊「夏目漱石 明治四十年春 保津川清遊記念碑」（京都府亀岡市保津町の保津川下り乗船場。この石碑の裏に「教職を辞し作家として新たな船出をした時に、保津川舟運を荷船から遊船へと大きく転換した奇遇な縁を感じつつここに、漱石の保津川清遊記念碑を建立」と刻まれている。『虞美人草』に保津川くだりの様子が描写されている）

＊夏目漱石の句碑（和歌山県和歌山市田野に二〇〇二年にオープンしたケアハウス「わかうら園」内。句は「涼しさや蚊帳の中より和歌の浦」。漱石が一九一一年八月、和歌山に講演に来た折りに詠んだとされる作品）

〈中国・四国〉

＊「漱石岡山逗留《とうりゅう》の地」の碑（岡山県岡山市内山下二丁目。一八九二年七月十一日から八月十日まで漱石は初めての関西旅行の帰路に立寄り、後楽園や岡山城などを見物した。漱石の次兄の妻・小勝の実家片

岡家に七月十一日から滞在した）

＊道後《どうご》温泉（愛媛県松山市、『坊っちゃん』の舞台。道後温泉本館。愛用の部屋「坊っちゃんの間」がある。一八九五年に漱石が宿泊した鮒屋旅館（現在の「ふなや」）の玄関先には「はじめての鮒屋泊りをしぐれけり」の句碑がある）

＊愚陀仏庵跡の碑（愛媛県松山市・萬翠荘敷地内。元々の愚陀仏庵跡地には「夏目漱石仮寓愚陀仏庵址」の碑がある。愚陀仏庵（復元）は二〇一〇年に土砂崩れで崩壊）

＊松山中学校の跡地の句碑（愛媛県松山市。漱石が松山を去るときの一句（「わかる、や一鳥啼て雲に入る」が刻まれている。愛媛県松山市の県民文化会館脇の俳句の道入り口の句碑「永き日やあくびうつして分かれ行く」もある）

＊漱石の愛松亭跡記念碑（愛媛県松山市一番町三丁目三―七。「坊っちゃん」で下宿のモデルになっているのが、津田五郎の「愛松亭」（小料理屋）の跡地）

＊夏目漱石の句碑（愛媛県松山市円福寺に「山寺に太刀をいただく時雨哉《かな》」裏側には、明治二十八年十一月　漱石先生の圓（円）福寺立寄りのさい新田義宗　脇屋義治二公の遺物を観（観）て詠める句とある。愛媛県伊予市鎌倉寺には「蒲殿のいよいよ悲しかれ尾花」「木枯らしや冠者の墓撲つ松落葉」、愛媛県松山市粟井坂の大師堂に「釣鐘のうなる許《ばかり》に野分かな」、愛媛県東温市川内町河之内の白猪《しらい》の滝に「雲来り雲去る瀑の紅葉かな」の句碑〈正岡子規の句とともに〉がある。同じく唐岬《からかい》の滝《たき》にも「瀑《たき》五段一段ごとのもみじかな」（明治二八）の句碑がある）

＊「坊っちゃんスタジアム」（松山中央公園野球場の愛称、愛媛県松山市にある野球場。野球歴史資料館「の・ボールミュージアム」併設）

〈九州〉

＊夏目漱石記念館（熊本県熊本市内坪井町「夏目漱石旧宅」。入館料二百円）

＊草枕交流館・「漱石・草枕の里」（熊本県玉名市天水町小天七三五―一。国道五〇一号線小天温泉バス停から徒歩十分、入館料無料、『草枕』の舞台。漱石館、漱石が滞在した「那古井の宿」もある。その庭には「かんてらや師走の宿に寝つかれず」と「温泉や水滑かに去年の垢」の句碑がある）

＊夏目漱石記念館（熊本県阿蘇市内牧温泉ホテル山王閣。漱石がとまった宿で『二百十日』の舞台。漱石碑がある。自然石に縦に〈夏目漱石先生〉と彫り、横に〈二百十日起稿之宿〉と彫ってあり、その台座に「行けど萩《はぎ》行けどす、きの原広し（漱石）」の句が刻んである）

＊熊本大学五高記念館（熊本県・熊本大学キャンパス。入場無料、漱石関連の展示、漱石の写真を基にその骨格から復元した漱石の声【モンタージュボイスで夏目漱石が五高開講記念日に読んだ教員代表祝辞】を聞くことができる。漱石が作った入学試験問題もある）

＊若き日の漱石座像と記念碑（熊本県・熊本大学キャンパス。「思索する漱石」の銅像と「祝辞」（「夫レ教育ハ建国ノ基礎ニシテ、師弟ノ和熟ハ育英ノ大本タリ」）と銅像の隣に、「秋はふみ吾に天下の志」の漱石句碑がある）

＊夏目漱石銅像（熊本県上熊本駅前）

＊夏目漱石の句碑（熊本県熊本市金峰山南越《なごし》展望所の「降りやんで蜜柑《みかん》まだらに雪の舟」の句碑。鎌研坂を登りきると熊本市島崎に漱石来熊百年の平成八年十月に建てられた漱石句碑「木瓜《ぼけ》咲くや漱石拙を守るべく」がある。その碑には半藤一利の詳しい解説文がある。峠の茶屋を経てしばらく下った石畳の道の入り口にも漱石句碑「家を出て師走の雨に合羽《かっぱ》哉《かな》」がある。これは明治三十年の大晦日に小天に向か

う途中のことを詠んだ句である。野出峠の茶屋には漱石句碑「天草の後ろに寒き入日哉《かな》」がある）

＊夏目漱石の句碑・文学碑（熊本県阿蘇市内牧の明行寺に阿蘇を詠んだ句碑と阿蘇市黒川　阿蘇山三合目に句碑がある）

＊夏目漱石の句碑（福岡県筑紫野市湯町二―四―十二。二日市温泉・御前湯の玄関横「温泉《ゆ》のまちや踊ると見えてさんざめく」この句は明治二十九年九月に二十五日付で正岡子規に送った句稿の中にあり、二日市温泉と詞書きがついている。福岡県内に漱石の歌碑・句碑がいくつかあるという）

＊夏目漱石句碑（福岡県久留米市の発心山（発心公園）から高良山までの十四キロの道「漱石の道」の公園内に「松をもて囲みし谷の桜かな」（平成五年度建立）と「濃かに弥生の雲の流れけり」（発心山頂：平成六年建立）がある。「菜の花のはるかに黄なり筑後川」（高良山久留米森林つつじ公園：平成五年度建立）、「人に逢はず雨ふる山の花盛」（平成六年度建立）、「筑後路や丸い山吹く春の風」（平成七年度建立）もある）

＊夏目漱石句碑（福岡県久留米市山川町追分の公園内に「親方と呼びかけられし毛布哉《ケットかな》」明治三十二年正月に漱石が耶馬渓方面に旅行した際、日田（専念寺に歌碑がある）から吉井、久留米を通って熊本に戻る時山川での体験をもとに作った句、吉井町中央公民館に「なつかしむ衾《ふすま》に聞くや馬の鈴」（明治三十二年正月に漱石が耶馬渓方面に旅行した際、日田から吉井、久留米を通って熊本に戻った時に作った句）の句碑がある）

＊夏目漱石文学碑（長崎県平戸市川内町五五。明治二十八年、夏目漱石が正岡子規に送った中に平戸の捕鯨の模様を詠んだ句「凩《こがらし》に鯨潮吹く平戸かな」の碑がある）

2. 夏目漱石関係文学館・博物館

＊仙台文学館（宮城県仙台市青葉区北根二―七―一。入館料四百円、バス北根二丁目・文学館前「仙台駅西口仙台ホテル前二十・二十一・二十三番乗り場」から約三十分、「漱石文庫」マイクロフィルムがある）
＊新宿区立新宿歴史博物館（東京都新宿区三栄町二十二。営団地下鉄丸の内線四谷三丁目駅から徒歩八分、JR中央線・営団地下鉄南北線 四谷駅から徒歩十分、都営地下鉄新宿線 曙橋駅から徒歩八分、入館料三百円、「漱石山房」の模型がある。当時の写真が複数枚残っているほか、約二十年前、漱石の長男でヴァイオリニスト、純一氏＝故人＝の証言などをもとに建築家が平面図を作成。模型が作られ、同博物館に常設展示）
＊文京ふるさと歴史館（東京都文京区本郷四丁目九―二十九、入館料百円、漱石の資料がある）
＊日本近代文学館（東京都目黒区駒場四―三―五十五（駒場公園内）。閲覧料は二百円、京王井の頭線駒場東大前駅（西口）徒歩七分、「芥川龍之介文庫」内に夏目漱石の書簡三通はじめ芥川の漱石宛書簡、漱石の絵葉書九種がある）
＊神奈川近代文学館（神奈川県横浜市中区山手町百十。閲覧は無料、みなとみらい線元町・中華街五番出口約八分、「漱石水彩画四点（夏目栄子寄贈）」「漱石落款ファイル」などがある）
＊鎌倉文学館（神奈川県鎌倉市長谷一―五―三。江ノ電由比ヶ浜駅から徒歩十分、入館料三百円から四百円、漱石の原稿などがある）
＊松山市立子規記念博物館（愛媛県松山市。愚陀仏庵復元コーナーがある。前庭には子規の句とともに、「半鐘と並んで高き冬木哉《かな》」の句碑がある）
＊熊本近代文学館（熊本県熊本市出水二―五―一。JR鹿児島本線熊本駅から市電健軍町行きで三十分、

市立体育館前下車、徒歩五分、入場無料、漱石の原稿などがある。また。近くに夏目漱石句碑「ふるい寄せて白魚崩れん許りなり」がある）

夏目漱石略年譜

一八六七（慶応三）年　一月五日（新暦二月九日）　江戸牛込馬場下横町（現・東京都新宿区喜久井町）に父夏目小兵衛直克、母千枝の五男として誕生。夏目家は代々名主であったが、当時家運が衰えていたので、生後間もなく四谷の古道具屋に里子に出されたが、すぐに連れ戻される。

一八六八（明治元）年　十一月　門前名主塩原昌之助の養子となり、塩原姓を名乗る。

一八六九（明治二）年　養父昌之助・浅草の添年寄となり浅草三間町へ移転。

一八七〇（明治三）年　種痘がもとで疱瘡にかかり、顔にあばたが残る。「一つ夏目の鬼瓦」という数え歌が作られるほど、あばたは目立った。

一八七四（明治七）年　養父昌之助と養母やすが不和になり、一時喜久井町の生家に引き取られた。浅草寿町戸田学校下等小学第八級（のち台東区立精華小学校。現・台東区立蔵前小学校）に入学。

一八七六（明治九）年　養母が塩原家を離縁され、塩原家在籍のまま養母とともに生家に移った。市ケ谷柳町市ケ谷学校（現・新宿区立愛日小学校）に転校。

一八七八（明治十一）年　十月　錦華小学校（現・千代田区立お茶の水小学校）・小学尋常科二級後期卒業。

一八七九（明治十二）年　東京府第一中学校正則科（東京都立日比谷高等学校の前身）第七級に入学。

一八八一（明治十四）年　一月　実母千枝死去。府立一中を中退。私立二松學舎（現・二松學舎大学）に転校。

一八八三（明治十六）年　九月　神田駿河台の成立学舎に入学。

一八八四（明治十七）年　小石川極楽水の新福寺二階に橋本左五郎と下宿。自炊生活をしながら成立学舎に通学。

九月　大学予備門（一八八六年・明治十九年に第一高等中学校（後の第一高等学校に名称変更）予科入学。同級に中村是公、芳賀矢一、正木直彦、橋本左五郎などがいた。

一八八五（明治十八）年　中村是公、橋本左五郎ら約十人と猿楽町の末富屋に下宿。

一八八六（明治十九）年　七月　腹膜炎のため落第。この落第が転機となり、のち卒業まで首席を通す。

中村是公と本所江東義塾の教師となり、塾の寄宿舎に転居。

一八八七（明治二十）年　三月に長兄大助、六月に次兄栄之助が共に肺病のため死去。急性トラホームを病み、自宅に帰る。

一八八八（明治二十一）年　一月　塩原家より復籍し夏目姓に変える。

七月　第一高等中学校予科を卒業。

九月　英文学専攻を決意し本科一部に入学。

一八八九（明治二十二）年　一月　正岡子規との親交が始まる。

五月　子規『七草集』の批評を書き、初めて「漱石」の筆名利用。

九月　『木屑録』脱稿。

一八九〇（明治二十三）年　七月　第一高等中学校本科を卒業。
九月　東京帝国大学文科大学英文科入学。文部省の貸費生となる。
一八九一（明治二十四）年　七月　特待生となる。嫂・登世死去。
十二月　『方丈記』を英訳する。
一八九二（明治二十五）年　四月　分家。徴兵を免れるため、北海道後志国岩内郡吹上に転籍し、北海道平民になる。
五月　東京専門学校（現在の早稲田大学）講師となる。
一八九三（明治二十六）年　七月　東京帝国大学卒業、大学院に入学。
十月　高等師範学校（後の東京高等師範学校）の英語教師となる。校長は柔道の大家で講道館創設者として有名な嘉納治五郎。
一八九四（明治二十七）年　二月　結核の徴候があり、療養に努める。
八月　松島瑞巌寺に詣でる。
一八九五（明治二十八）年　四月　松山中学（愛媛県尋常中学校）（愛媛県立松山東高等学校の前身）に菅虎雄の口添えで赴任。
十二月　貴族院書記官長中根重一の長女鏡子と見合い。婚約成立。
一八九六（明治二十九）年　四月　熊本県の第五高等学校講師となる。
六月　中根鏡子と結婚。
七月　教授となる。
一八九七（明治三十）年　六月　実父直克死去。

一八九九（明治三十二）年　五月　長女筆子誕生。

一九〇〇（明治三十三）年　五月　イギリスに留学（途上でパリ万国博覧会を訪問）。

一九〇一（明治三十四）年　一月　次女恒子誕生。

一九〇二（明治三十五）年　九月　正岡子規没。

一九〇三（明治三十六）年　一月　英国から帰国。

四月　第一高等学校講師、東京帝国大学文科大学講師を兼任。

十一月　三女栄子誕生。

一九〇四（明治三十七）年　四月　明治大学講師を兼任。

一九〇五（明治三十八）年　一月　『吾輩は猫である』を『ホトトギス』に発表（翌年八月まで断続連載）。『倫敦塔』（『帝国文学』）、『カーライル博物館』（『学燈』）発表。

一九〇六（明治三十九）年　四月　『坊っちゃん』を『ホトトギス』に発表。

九月　『草枕』（『新小説』）発表。

一九〇七（明治四十）年　一月　『野分』（『ホトトギス』）発表。

四月　一切の教職を辞し、朝日新聞社に入社。職業作家としての道を歩む。

五月　『文学論』刊。

六月　長男純一誕生。『虞美人草』を朝日新聞に連載（〜十月）。

一九〇八（明治四十一）年　一月　『坑夫』（〜四月）、六月『文鳥』、七月『夢十夜』（〜八月）、九月『三四郎』連載（〜十二月）。

十二月　次男伸六誕生。

一九〇九（明治四十二）年　一月『永日小品』連載（〜三月）、三月『文学評論』刊、六月『それから』連載（〜十月）。
三月　養父から金を無心され、それが十一月まで続いた。
十月　『満韓ところどころ』連載（〜十二月）。
一九一〇（明治四十三）年　三月　五女ひな子誕生。『門』連載（〜六月）。
六月　胃潰瘍のため内幸町長与胃腸病院に入院。
八月　療養のため修善寺温泉に転地。同月二十四日夜大吐血があり、一時危篤状態に陥る。
十月　長与病院に入院。『思い出す事など』（朝日新聞十月〜翌年四月）。
一九一一（明治四十四）年　二月二十一日　文学博士号を辞退。
八月　朝日新聞社主催の講演会のために明石、和歌山、堺、大阪に行き、大阪で胃潰瘍が再発し、湯川胃腸病院に入院。
十一月　五女ひな子、急死。
一九一二（明治四十五・大正元）年　一月『彼岸過迄』連載（〜四月）。
十二月『行人』連載（〜翌年十一月）。
一九一三（大正二）年　二月『社会と自分』発表。
三月　潰瘍再発。五月下旬まで自宅で病臥した。北海道から東京に転籍。
一九一四（大正三）年　四月『こゝろ』連載（〜八月）。
十一月『私の個人主義』を学習院輔仁会で講演。

一九一五（大正四）年

一月　『硝子戸の中』連載（〜二月）。

六月　『道草』連載（〜九月）。

十一月　中村是公と湯ヶ原に遊ぶ。

十二月　芥川龍之介、久米正雄が門下に加わった。

一九一六（大正五）年

五月　『明暗』連載（十二月未完のまま終了）。

十二月九日　死去。戒名「文献院古道漱石居士」。

引用・参考文献

＊夏目漱石の作品引用は主に『漱石全集』（岩波書店）、岩波文庫、ちくま文庫『夏目漱石全集』（一〜十）はじめ各文庫本に準拠したが、漢字などの標記は適宜改めたものがある。

『漱石全集』岩波書店　全二十八巻・別巻一 1993〜1999
『漱石文学全集』（別巻）「漱石研究年表」荒　正人　著　集英社　1974.10.20
『文学論』角川書店（漱石全集　第十四巻）夏目漱石　著 1967.10.10
『文学評論』角川書店（漱石全集　第十五巻）夏目漱石　著 1969.4.30
『漱石漢詩研究』人文書院　和田利男　著 1937
『漱石の漢詩』朝日新聞社　松岡　讓　編著 1966
『漱石とその時代Ⅰ〜Ⅴ』新潮社選書　江藤　淳　著 1970〜1999
『漱石と漢詩』英潮社　渡部昇一　著 1974.5.10
『文芸読本夏目漱石』河出書房新社　江藤　淳　他著 1975.6.25
『漱石の思い出』角川文庫　夏目鏡子述　松岡　讓筆録 1977.7.30（改版十一版）
『夏目漱石』講談社学術文庫　森田草平　著 1980
『夏目漱石―その実像と虚像・国文学研究叢書』明治書院　石川悌二　著 1980
『墨汁一滴』岩波文庫　正岡子規作　阿部昭編 1983
『漱石文芸論集』岩波文庫　磯田光一　編 1986.5.12

『漱石文明評論集』岩波文庫　三好行雄　編　1986.10.16
『夏目漱石全集』①～⑩　夏目漱石　著　ちくま文庫　1988.7.26
『漱石書簡集』岩波文庫　三好行雄　編　1990.4.16
『漱石日記』岩波文庫　平岡敏夫　編　1990.4.16
『漱石俳句集』岩波文庫　坪内稔典　編　1990.4.16
『夏目漱石と女性―愛させる理由―』新典社、佐々木英昭　著　1990.12.25
『寺田寅彦全随筆』全六巻の三　岩波書店　寺田寅彦　著　1992.2.4.
『私の「漱石」と「龍之介」』ちくま文庫　内田百閒　著　1993.8.24
『漱石を書く』岩波新書　島田雅彦　著 1993.12.20
『新装版文学評論』講談社学術文庫　夏目漱石　著　1994.11.10
『和辻哲郎随筆集』岩波文庫　坂部恵編・解説　1995
『漱石先生ぞな、もし』、『続　〃』文春文庫　半藤一利　著　1996.3.10
『漱石論集成』平凡社ライブラリー　柄谷行人　著　1997
『父・夏目漱石とその周辺』文春文庫　夏目伸六　著　1967
『漱石とあたたかな科学―文豪のサイエンス・アイ』講談社学術文庫　小山慶太　著　1998.4.10
『漱石の「不愉快」』ＰＨＰ新書　小林彰夫　著　1998.7.
『英語教師　夏目漱石』新潮選書　川島幸希　著　2000.4.25
『漱石先生大いに笑う』ちくま文庫　半藤一利　著　2000.5.10
『漱石と落語』平凡社ライブラリー　水川隆夫　著　2000.5.15

『漱石と英語』本の友社　大村喜吉　著　2000.12
『漱石先生の手紙』日本放送協会、講談社文庫　出久根達郎　著　2001.4.25
『「漱石」の御利益』ベスト新書　長山靖生　著　2001.11.1
『漱石・子規往復書簡集』岩波文庫　和田茂樹編　2002
『漱石を読み直す』ちくま新書　小森陽一　著　2002.1.25
『漱石のレシピ』講談社＋α新書　藤森　清　編・著　2003.2.20
『回想　子規・漱石』岩波文庫、高浜虚子　著　2002.8.20
『俳人漱石』岩波新書　坪内稔典　著　2003.5
『夏目家の糠みそ』ＰＨＰ文庫　半藤末利子　著　2003.6.18
『漱石が聴いたベートーヴェン―音楽に魅せられた文豪たち』中公新書　滝井敬子　著　2004.2.25
『スコットランドの漱石』文春新書　多胡吉郎　著　2004.9.20
『漱石的主題』春秋社　吉本隆明・佐藤泰正　著　2004.11.30
『漱石文学のモデルたち』講談社　秦　郁彦　著　2004.12.10
『新聞記者夏目漱石』平凡社新書　牧村健一郎　著　2005.6.10
『漱石という生き方』トランスビュー　秋山　豊　著　2006
『漱石と不愉快なロンドン』柏書房　出口保夫　著　2006
『闊歩する漱石』講談社文庫　丸谷才一　著　2006.2.15
『漱石の孫』新潮文庫　夏目房之介　著　2006.5.1
『新書で入門　漱石と鷗外』新潮新書　高橋昭男　著　2006.8.20

『漱石先生からの手紙―寅彦・豊隆・三重吉』岩波書店　小山文雄　著　2006.11.28
『漱石先生　お久しぶりです』文春文庫　半藤一利　著　2007.1.10
『漱石の夏休み』ちくま文庫　高島俊男　著　2007.6.10
『文豪　夏目漱石―そのこころとまなざし』朝日新聞社・江戸東京博物館・東北大学監修　2007.9.30
『漱石俳句探偵帖』角川選書　半藤一利　著　2007.10.25
『漱石夫妻　愛のかたち』朝日新書　松岡陽子・マックレイン　著　2007.10.30
『世界文学のスーパースター夏目漱石』講談社インターナショナル　ダミヤン・フラナガン　著　2007.11.29
『夏目漱石は思想家である』思想社　神山睦美　著　2007
『漱石の森を歩く』トランスビュー　秋野　豊　著　2008.3.4
『漱石、ジャムを舐める』新潮文庫　河内一郎　著　2008.4.1
『漱石―母に愛されなかった子』岩波新書　三浦雅士　著　2008.4.22
『悩む力』集英社新書　姜　尚中　著　2008.5.16
『夏目家の福猫』新潮文庫　半藤末利子　著　2008.6.1
『日常生活の漱石』中央大学出版　黒須純一郎　著　2008.12.15
『脳の中の文学』文春文庫　茂木健一郎　著　2009.1.10
『漱石のマドンナ』朝日新聞社　河内一郎　著　2009.2.28
『漱石と世界文学』思文閣出版　坂元昌樹、田中雄次、西槇偉、福澤清　著　2009.3.25
『人生に効く漱石の言葉』新潮選書　木原武一　著　2009.6.25

『夏目漱石を読む』ちくま文庫　吉本隆明　著　2009.9.10
『再発見夏目漱石―六十五の名場面で読む』祥伝社新書　出口　汪　著　2009.9.15
『漱石の長襦袢』文芸春秋社　半藤末利子　著　2009.9.15
『漱石覚え書』中公文庫　柴田宵曲　著　2009.9.25
『漱石文学が物語るもの―神経衰弱者への畏敬と癒し―』みすず書房　高橋正雄　著　2009.10.20
『文科大学講師夏目漱石』冬至書房　鈴木良昭　著　2010.2.10
『漱石・明治・日本の青春』新講社　半藤一利　著　2010.4.12
『漱石はどう読まれてきたか』新潮社選書　石原千秋　著　2010.5.25
『漱石論―二十一世紀を生き抜くために―』岩波書店　森　陽一　著　2010.5.29
『自立が苦手な人へ―福沢諭吉と夏目漱石に学ぶ―』講談社現代新書　長山靖生　著　2010.6.20
『超越する漱石文学』思文閣出版　坂元昌樹、西槇偉、福澤清編　2011.3.31
『英文学者　夏目漱石』松柏社　亀井俊介　著　2011.6.10
『旅する漱石先生―文豪と歩く名作の道―』小学館　牧村健一郎　著　2011.9.20
『夏目漱石の時間の創出』東京大学出版会　野網摩利子　著　2012.3.下
『続・悩む力』集英社新書　姜　尚中　著　2012.6.16
『内と外からの夏目漱石』河出書房新社　平川祐弘　著　2012.7.27
『ヘタな人生論より夏目漱石』河出書房新社　本田有明　著　2012.12
『住田日記』住田　昇　記（山形県立山形東高等学校同窓会文庫所蔵）
「『坊っちゃん』の狸校長と山形中学」『東友会通信』第26号（H18.1.20）日野顕正　記

参考資料

「『坊っちゃん』の〝狸校長〟と山形」『山形新聞』（H18.3.7夕刊）日野顕正　記
「熊本　愛の旅人」『朝日新聞』土曜版（2005.2.29）
「寺田寅彦と夏目漱石」『朝日新聞』土曜版（2007.10.6）

伊藤 美喜雄（いとう・みきお）
1948年山形県鶴岡市生まれ。1972年埼玉大学教育学部卒。元山形県公立高等学校校長・元山形県立博物館館長。現在、国立大学法人山形大学農学部・山形県立産業技術短期大学校庄内校非常勤講師、山形県教育委員会高等学校［英語］教科指導アドバイザー。著書に、『知性・品性・感性を育てる教育―4Cの力で未来を拓く―』（学事出版）、『夏目漱石と東北―進化する漱石・悩み抜く力―』（北の杜編集工房）などがある。

夏目漱石の実像と人脈 ―― ゆらぎの時代を生きた漱石

2013年10月25日　初版第1刷発行

著者 ――伊藤美喜雄
発行者 ―平田　勝
発行 ――花伝社
発売 ――共栄書房
〒101-0065　東京都千代田区西神田2-5-11 出版輸送ビル2F
電話　03-3263-3813
FAX　03-3239-8272
E-mail　kadensha@muf.biglobe.ne.jp
URL　http://kadensha.net
振替　00140-6-59661
装幀 ――黒瀬章夫（ナカグログラフ）
印刷・製本 ―中央精版印刷株式会社

ISBN978-4-7634-0680-4 C0095